十七歲

阿谷　著

十七歲

作者／阿谷
策劃編輯／周淑屏
編輯／羅詠恩
美術設計／陳詩韻
出版發行／突破出版社
香港沙田亞公角山路 33 號突破青年村
電話：2632 0000　傳真：2632 0388
電郵：breakthrough@breakthrough.org.hk
網址：http://www.breakthrough.org.hk
http://www.btproduct.com
承印／陽光（彩美）印刷有限公司
2017 年 3 月初版 1 刷

Seventeen

by A Gu
First Printing, First Edition, March 2017

Printed in Hong Kong
ISBN 978-988-8392-33-9

誠邀閣下就突破出版社的書籍發表意見

歡迎加入突破書籍 Facebook page — http://www.facebook.com/btbooks.page

本書採用環保油墨印刷

成長文學

目錄

第一章　殺人犯

「海燕。」

「嗯，老爹？」

「對不起！」

「什麼？」

「十七歲，你變了殺人犯。這是我一生人犯下最大的錯誤，我牽連你了！」

「沒什麼的。真的，原來——殺人很容易。當然，不會有第二次啦！」

「海燕，那一刻，你難受嗎？我想知道多一點，你逃亡的時候。」

十七歲

「是你叫我逃跑的。難受？最難受是看見你絕望的眼神。」

「……」

「我朝着光的方向狂奔，聽見自己的波鞋踏在石階上不規則、錯亂的腳步聲，感覺自己上下搖動。」

「原來你向北角碼頭走。」

「是的。可是，當時失去方向感，眼前視野模糊，原來熟悉的街角、店舖完全變得陌生。直至聞到魚腥味、海潮味混和着汗水……原來我的嗅覺滿靈敏。」

「你有哭嗎？」

「哭？當然。看見無人的碼頭，看見黃色的欄網。渡輪停航，前無去路……我坐在哈利路亞公司的石階上，崩潰了。一味哭，一味叫爸爸、爸爸。」

「對不起！」

殺人犯

「一隻點着煤燈的快艇、挖泥船、東區海濱長廊天橋……孤身一人，亡命天涯。」

然後，兩父子靜默了。黃海燕獨自回味更孤苦的細節。

遠處，黑漆海面，霓虹燈砌成的立體巨幅，由右至左：九龍城、旺角、尖沙嘴。他應該聽見海濤拍岸。應該！他最喜歡聽海濤拍岸——推開、拉遠，然後向前。

突然的，這樣的想法，讓海燕悲從中來！四野無人，只有幾顆星在高處眨眼。

警覺線降低了，情緒襲來。今天，朋友和自己慶祝生日。忽然，禍從天降，成了殺人犯！

怎麼辦？我將何往？

抱着頭，混亂的思緒中，最令他難受的，是爸爸絕望的眼神！

二十分鐘前，在家，爸爸抬起頭，越過死者下垂的肩膀，目光落在兒子的臉上，用前所未有沉痛沙啞的聲線說：

十七歲

「走！」

一呆，明白爸爸的意思。海燕奪門而出，跌跌撞撞，逃離案發現場。

「海燕，我決定了。」爸爸的聲音再次響起。「我拒絕你的邀請。我會遠遠的離開你。老死，沒有人知道，沒有人認識。贖罪。」

第二章　十六歲告別禮

「爸爸究竟多少歲？」海燕嬉皮笑臉，在晚餐桌上又提出質詢。自從升上高中，每年臨近自己的生日，海燕都會拿這個話題來磨纏爸爸。

爸爸黃樟連眉毛也沒有抬一下，「你知道。」淡然的繼續吃飯。

晚餐其實十分簡單。兩個人，父與子。一碗飯、幾片魚，或者番茄炒蛋，如果有湯，永遠是紫菜肉片湯。

即使是簡單的飯菜，黃樟都像進行一種禮儀般專注。海燕倒不像爸爸的對晚餐的興頭，他更有興趣製造混亂。他打眼來瞧前面的男人——濃密蓬鬆的白髮，滿臉刀刮的皺紋。分明是老父嘛！

十七歲

他起身，走入黃樟的房間，俄而折返餐桌，略帶誇張的搧動手上的身分證。

「上面寫着的黃樟，出生年份是 1950 年，我是 1999 年出生的，你在四十九歲的一年讓我來到人間？」

「吃飽了。」黃樟站起來，將自己的一份碗筷拿進廚房。

海燕喜歡挑戰爸爸的原因，就是要看他處變不驚、紋風不動的一場戲，實在太神了。

「四十九歲生我已經好誇張，何況，你真實的年齡是七十六！」海燕尾隨。

「七十六，老爸！真的嗎？身分證足足報細了十一年！」

「你知道。」黃樟道。又是這一句，一面將碗筷滑入肥皂水中。

「我知道爸爸老當益壯，可是，媽媽呢，可能嗎？」

「媽媽報大了十年。」

黃樟用抹巾仔細的擦手。

「擦手、穿衣、穿膠涼鞋、散步！」海燕配合着黃樟的動作在旁邊作旁白。

最近半年，黃樟吃完飯都出去散步，一去就是一個小時甚至兩個小時。如果不是穿得隨便，肯定是迎來了第二春，海燕曾經這樣懷疑。

「嘭！關門！喔！」海燕摸摸後頸，自覺無聊，爸爸的腳步聲都聽不見了，主角退場。

海燕不愁寂寞——還有另一個主角呢！

她高高在上，懸浮在一個牆角落；一塊黑色長方形木托板，上面放置一張小照片、一支沒有點燃的白蠟燭和一個十字架。媽媽的遺照分明沒有透露多少歲月的秘密，而縱使看了無數次，偶然還會感覺陌生。海燕懷疑，照片是媽媽未出嫁以前拍下的，用來相親。此後，媽媽再沒有拍過照。

波浪形及肩長髮，微仰的頭望向鏡頭，嘴唇帶着含蓄的笑容。而由於照相者不習慣

十七歲

面對鏡頭，更像似笑非笑。

每次凝視，海燕腦海不期然會出現影樓內攝影師指導媽媽拍照的畫面：「不要坐得四平八穩，想像你後面的風景是海灘和椰子樹，對，仰起頭；對，就是這樣，不用望鏡頭，自然的。笑一個嘛，儘量微笑。好，不要動啦……」

追蹤媽媽的身世又是海燕另一個戀戀不休的戲碼。

「你不覺得很殘忍？」鄰居兼死黨阿喊勸誡海燕。「他們很恩愛吧，伯母死後，黃爸爸沒有再婚。往事不堪回首。」

蘇喊和海燕緊鄰而居，還有一個哥哥叫阿呼。自從海燕從堅尼地城搬到北角，兩個年齡相若的孩子，很快視對方如莫逆。二人親如兄弟的原因，因為海燕個性隨和。他沒有像別人一樣，一聽到呼喊兄弟的名字便大驚小怪，也沒有笑破嘴，還自嘲，相比於「海燕」，名字娘娘腔呢！

「喊簡單又直率，不如我們交換名字。」海燕提議。幸好遇見海燕，怕事又踏進反叛期的蘇喊，受委屈就向海燕呼喊，成功過度青春危險期。

「我明白，我知道。可是，那個千年不變的答案實在百聽不厭，已經上癮，無法自拔。」不下一次阿喊勸導海燕，海燕也不厭其煩一次次解釋。

記得第一次鼓足勇氣問爸爸：「媽媽是怎樣死的？」

「你出世以後，她便患上抑鬱症。」爸爸毫不含糊回答。似乎，知道兒子總有一天會問，預備好了，表情也欠奉。

「因為我出世？」當時，海燕又驚訝又內疚，也意會到「海燕」這個奇怪名字的意義。「然後呢？」

「死了。」

以後，每次再問，答案都是一樣：「你出世以後，她便患上抑鬱症。」「死了。」中間沒有更詳細的情節。

十七歲

然後呢？死了！

海燕洗碗之後，便去找媽媽。站在牆角，抬頭凝視。不再內疚了。

媽媽樣子平凡，在街上擦身而過，不會留神，也不會回頭望。社交場合，介紹完畢，隨後完全忘記的那種樣貌……

當然，海燕不認為是媽媽的錯。那年代，有很多局限吧，例如化妝技巧，例如沖晒技術和膠片素質。

錯不在媽媽。因為爸爸超奇趣的答覆，讓他愛死媽媽了。甚而，會有某些時刻，對媽媽的愛意超越了對爸爸的。

「媽媽，你永遠都年輕，而爸爸……」海燕習慣性地摸摸後頸，「以後要改口喚老爹了。」

快要開學，海燕繼續清理永遠無法清理的書架書桌組合櫃，爬上牀的時候，老爸還未回來。清早醒來，老爸又出門了。

十六歲告別禮

廚房放了兩個菠蘿包、一包維他奶，是海燕的早餐。菠蘿包是海燕的至愛，還指定要地道香港製造。吃了，出門。

暑假。海燕並不閒着，在鰂魚涌地鐵站附近一家涼果店兼職。

自從初中開始，寒暑二假，海燕都投入勞動市場，賺點外快。以他的個性，原來想做些安靜的室內工作，例如打電話做調查，甚而去社區老人中心教上網也可以，但都一一給爸爸否定了。

「兼職？可以，做一些大量體力勞動的吧，愈多接觸人愈理想。」

爸爸的要求，海燕十分抗拒。

「隨便一份工作吧，為什麼諸多要求？」海燕咕噜。

爸爸完全不解釋，氣定神閒的説：「你拿到多少薪金，我額外再加百分之五十。」

豐厚的誘餌！海燕無條件投降了。這之後，做過廚房，做過樓面，在大型薄餅連鎖店送外賣，在按摩椅公司做營業員。然後，明白爸爸的苦心了。

第一份兼職是在一家小型快餐店當侍應生，第一個上班日，給老闆用粗話罵了半小時；落單錯漏百出，因為太「斯文」，不敢和客人確認。

第二份兼職送炸雞，最後一份外賣送到客戶手上已經全涼了，因為不懂得先設計路線圖，在大街小巷滴着汗左穿右插！

今天的海燕，已經訓練有素，話快腿快腦筋更快，是北角區最搶手的兼職學生。在日本壽司店，一見到有來客撥開遮堂布，便搶先喊破喉嚨：「易拉啱姨媽些！」……涼果店老闆娘過新年時已經跟海燕說好了，暑假一定要來幫忙。「你不來，我走不開。」

把油膩的紙袋扔進垃圾桶時，海燕不禁對往日稚嫩的自己傻笑，拿起水壺便出門。

一直忙碌，直至黃昏，人潮從地鐵出入口湧進湧出；直至老闆娘吃完晚飯，從樓上的住處回來。

「噢媽！老闆娘，告辭了，明天見。」把老闆娘逗笑了。海燕扮韓國人已經不新鮮，但依然百聽不厭。

「海燕喜歡打人笑穴。」「大家樂」的人事經理這樣評價海燕。

其實不是這樣的，只是不喜歡聽粗言穢語，那就永遠不給別人說粗話的機會。

被人用粗言穢語罵了以後，海燕便立下這樣的決心！這個世代，「粗口文化」已經是潮流。可是，不喜歡就是不喜歡，海燕認為，每個人都有締造個人風格的權利，不一定要跟潮流，反而，逆流可能更酷呢！

轉出電車路，走上香港殯儀館前方的行人天橋！腳步不期然的放慢，瞅着天橋！

天橋上，看不見連日來站在欄杆上對他放哨的帽衣人！

看來，真的可以放下心頭大石。

過去一個星期，一個穿着深灰色連帽運動外套的男人站在天橋上，等海燕下班。

同一個位置，同一身打扮。起初不以為意，第一天，海燕經過帽衣人身旁時——本來注意力放在橋下流動往來的車輛，忽然，把頭低耷！

令海燕有點不安的奇怪，本來走過去了，不期然回頭望。全身僵住了，帽衣人的視線竟然跟着自己，緊盯着！

挨着欄杆，沒有移動身體，只是視線追蹤過來！帽子蓋住大半塊面，光線不足，無法看真面貌，目光卻不懷好意！

「可能是巧合吧！可能是自己敏感吧！」沿路回家，心情忐忑，海燕只好自我安慰。返抵家門時，已經把帽衣人拋諸腦後。

可是，不是巧合！

第二晚，一踏上天橋平台，又看見帽衣人！

經過身邊，耷頭，視線跟着！跟昨晚的情況一樣。海燕感受到身體釋放出來的恐懼訊號。他機械式的來到地面，又想跑回去，問個究竟。壓抑住害怕，海燕重新跑上天橋。

然而，帽衣人已經消失了。

海燕不能不在意。

「如果他還出現，一定走上前打招呼。」海燕下了決心。第三晚，果然，帽衣人出現！

可是，打招呼的想法不只動搖，經過對方身邊時，心跳還加速。望也不敢望，以競賽的速度，一口氣跑回家！

「這個人，什麼樣貌？什麼年紀？」聽完兒子的遭遇，黃樟抱着臂，鄭重的問。

海燕先是一愕，還以為爸爸會認為自己多疑呢。海燕想一想，描述：

「不敢肯定，光線不夠，他的外套做了掩飾……個子算是矮小，少說也有五十歲。」

「有沒有特徵？」

「唔——」海燕回想，「帽子下面，看不見頭髮，可能是禿頭漢，一言不發，會不會是啞巴？」

「禿頭的啞巴？下一次，若再碰到這個男人，直接走上前，問他到底想怎樣。」

又再嚇了一跳，想不到爸爸會出這樣的主意。

「好嗎？不妥當吧？」海燕囁嚅。

「你怕？那我明晚接你下班，去天橋查個究竟。」

「啊——不，不！」海燕呆了。

平時不理閒事的爸爸，兒子遇到麻煩，原來會勇猛的跳出來。海燕真希望只是捕風捉影。

「我不怕，我可以應付的。」望着年事已高的爸爸，海燕期期艾艾的說。

翌日，海燕一整天都無法集中精神，心神恍惚，盤算着如何應對。他不時看錶，時間愈近愈緊張。好不容易盼到下班時間，老闆娘吃完飯回來接班，海燕看看手提電話：七時五十分。

今天不逗老闆娘了，説聲再會便匆匆離開。

來到天橋腳。

天橋架得不高，稍抬頭，已看見那個令人生畏戰慄的帽衣人！心頭開始不受控制的砰然跳動！海燕深深呼吸，一步步拾階而上，腦海裏一面搜索早前的盤旋，但無法找着，來到了天橋的平台。帽衣人依舊一動也不動的挨着欄杆。

海燕向前挪動了幾步……

忽然之間，意想不到的，心中一股不快來襲：為什麼？我又沒有做錯事，毫不相識的人，為何強要闖入我的生活，弄得我神經兮兮？憑什麼？這樣一轉念，海燕不再害怕，漲紅了臉，身體繃緊。

霎時之間的情緒變換，提升了膽氣，隔着一段距離，語帶怒氣地、高聲向對方

「喂，大叔！」的叫一下。

以為帽衣人會望過來，可是，並不，似乎充耳不聞。只見對方離開欄杆，站直，沒有想像中矮小，卻像大病剛癒的佝僂；側身，望也不望海燕，繼而，身體移動，雙手放進口袋，開始向着海燕來的方向走。耷低頭，帽子完全遮掩容貌。他在海燕身旁經過，施施然，步下梯級，離開！

不屑一顧，不吭一聲離開！

出乎意外！自己的反應、對方的反應，都不在海燕預計之內！他呆在原處，好一會才回過神。

來歷不明，無從掌握來龍去脈。

「有出現嗎？」隔天晚上，黃樟問海燕。

「沒有。」海燕回答。想了一想，有點不放心：「你沒有做過什麼吧？」

「我能怎樣?」

「嗯。」這倒是的,海燕點頭。

無端的漣漪,無端泛起,又自然平息,無跡可尋!

距離海燕十七歲生日還有十多天。

吃飯的時候,黃樟告訴兒子,要回鄉一趟,逗留長一點時間,想修繕祖屋。一年數次,黃樟都會回中山,逗留三四天,海燕多半不陪,黃樟孤身上路。

海燕有點不是味道,剛結束兼職,明天開始回復自由身呢!

「明天?那麼急?」

「本來星期一就出發。」

海燕明白了,爸爸早有打算,但現在才安心動身。海燕聳聳肩,帶點尷尬的笑。爸爸又說:「我會在你十七歲生日前趕回來的,你放心,還會帶生日禮物回來。」

十七歲

「開玩笑吧，來自中山的生日禮物。嘿嘿，嘿嘿！」海燕很大反應，畢竟是年輕人。

黃樟莞爾，也不再說什麼。

翌日醒來，果然，爸爸已經出門回鄉了，而且忘記了菠蘿包！海燕唯有煮出前一丁！

老爸不在，連早餐也走了調！

一屋的寂寞！當然，再熱鬧也不過是兩個人的家。不過，寂寞就是寂寞，不用解釋，十七歲的寂寞。爸爸七十多歲！自己長成大人，老爸變成老人。心酸啊，一同生活在同一個屋頂下的日子還剩多少？！

要一個人數算餘下的十六歲，為漸逝的青春擠出哀愁。

「不如來一次十六歲告別禮！」

「喂，這個週末，去鯉魚門喪踩單車啦！」海燕登堂入室跟阿喊說。

十六歲告別禮

「無法奉陪，有福建同鄉來了香港。」

「沒有衝突，一同外遊啦！我不介意做嚮導。」

「你這個提議令我心情極度低落！我們分手了！」阿喊將海燕推出門。

海燕回到空蕩蕩的房子，一會兒躺下，一會兒彈起，一會兒後空翻！自個兒胡鬧，無無聊聊的度過了一整天，從屋頭踱到屋尾，從屋尾踱回屋頭，後悔那麼早停了兼職，要發瘋了。

「媽呀，日子怎樣過？」他真的去問阿媽，而海燕阿媽給他呆滯的腦袋敲了一記。

「登」一聲，給他想到過週末的好點子。

You are sixteen going on seventeen.

不如回去少時住過的地方，緬懷一番，追憶童年。

搬進北角以前，海燕居住在堅尼地城，連街道名字也忘記，只記住在青蓮台側。印象中，窄窄的小巷，面對着低矮的圍牆，沒有升降機的五層高樓宇，他們的家是中間單位的地面，鐵門深綠色，因為背光，又潮濕又陰暗，很多人都不喜歡這類環境，所以，左右的房子經常丟空沒人租住，而他們倒一住多年。

這一帶，是海燕兒時的冒險樂園。

推門出去，走出小巷，往左一轉，已經是通往青蓮台的短樓梯。青蓮台更有趣，廣闊的前院，清靜地立着數棵細葉大榕樹，襯托出一排戰前建築的樓房。用兒童的眼光來看，房子一點不覺得殘舊老派，反而是又大又高不可攀。而更有趣的還在前頭呢，緊鄰着房子的是魯班先師廟，再過去是漢華中學。童年一點也不寂寞，不愁沒有玩伴，即使沒有玩伴，周邊可供探險的地方多的是。單是魯班先師廟，又高又深又暗，彷彿能吞噬人的一個大魚口，海燕從來沒有膽量進去，而單是站在門外，已能想出許多詭異嚇人的故事來。

堅尼地城！

打定主意了。「回去瞧瞧，拜訪老屋！」

十六歲告別禮

星期六，睡到十時多才起牀，胡亂吃了早餐，鎖上門便向堅尼地城出發。

堅尼地城地貌沒有太大改變；一些戰前舊樓給拆了，演進成單幢樓宇，或者是小型建築羣，除此而外，還是那麼安靜的小社區，即使多了地鐵，仍然有一種遺世獨立的小堅持。要說改變，莫如增加了不少人文氣息，而這些人文氣息，又恰如其分地和舊的社區呼應着。新元素不是可有可無的點綴，更貼切的描述，是往昔歷史的折射呢！

海燕經過一幅顏色繽紛的牆畫。

牆畫巨大，佈局豐富而熱鬧，海燕少不免駐足觀賞。而牆畫轉角，已經是舊居位處的小巷，綠色的鐵門隱然可見。

沒多少人走動的小巷，地面凹凸不平，海燕要放慢腳步。

來到門前了，海燕伸手撫摸鐵門，「真的長大了，怎麼房子縮小了？像娃娃屋。」

「爸爸，我們為什麼搬家？」當時，海燕身長大概是鐵門一半的高度，離開前，拉着爸爸的手問。

十七歲

「找不到房東，無法交租啦！」

「無法交租有什麼問題？」

「就是白住！」

白住是什麼意思？為什麼不想白住就要搬家？

到海燕明白白住的意思時，說老實話，覺得老爸很「戇居」！而更「戇居」的，後來得知房東從來沒有出現，老爸繼續繳交水電費！

事緣升上中三時，因為找一份證明文件，遍尋不獲。「會不會留在舊屋？」海燕心存僥倖，於是問爸爸有沒有後備鑰匙。「鑰匙在信箱。」黃樟說。海燕無法相信，還以為是電影橋段呢！

「最初租房子的時候，房東也是叫我去信箱自取鑰匙，他人在深圳，很少回香港。」黃樟解釋。

「那麼，請給我信箱鑰匙。」海燕忍笑說。

「信箱鑰匙放在廚房桌子上。」知道兒子覺得自己在天方夜譚，黃樟馬上說下去：「這個木信箱是特製的，底板較窄，只需向上輕輕一托，鑰匙便掉出來。」

「哦！」海燕拉長尾音同時翻白眼。

「留了字條給房東，久不久回去看看，這是做人的原則。」黃樟笑一笑。

所以，兩年前海燕曾經回去。爸爸親身示範了對房子的尊重；房子沒有殭屍味，而電錶如常運作，自來水管也沒有長鏽。

找不着證明文件。

現在的身量，伸手摸到門楣。鐵門往右搧，門把鑲在右側中間位置。海燕順着門把往下探，摸到一個小圓洞。是匙孔，謙卑的埋伏着。

正想去信箱拿鑰匙，身後有人喚他。

十七歲

「海燕？是黃海燕？」

海燕轉身。

一位穿着碎花長裙、滿頭白髮的女士望着海燕。

女士走前兩步，認真打量海燕。「真的是海燕！」

海燕也認出對方了，憑着挺直的腰身，和老師喚學生的腔調。

「啊，是李老師！」

李飛霞老師！她是漢華附屬小學部的老師，當時漢華小學沒有校舍，用了廣悦堂公所來上課。黃海燕沒有讀過漢華小學，但因為李飛霞是青蓮台的老街坊，街坊不論老少，都叫她李老師。

「長大了！多少歲？」

「快十七歲！」海燕笑説：「老師為什麼能一眼把我認出來？」

「我不敢肯定的。剛才你站在牆畫前觀賞，我留意到，覺得面熟。不過是猜測，後來你走進小巷，便跟過來證實一下。你嘴唇兩邊的法令不對稱，左邊，明顯向外出走。你自己不知道？」

「啊！是嗎？哈哈哈！」海燕摸着後頸傻笑。當然知道啦，這麼大的缺陷，使自己做不了美少年！還以為小小的瑕疵旁人不容易察覺！

「老師還住這區？」

「是。」李老師點頭，「青蓮台三號，拆了三層高的舊房子，在地盤上重建一幢六層高的單幢洋房。我買了其中一個小單位。退休了，學校沒有了，但我始終離不開這兒。」

李飛霞字字鏗鏘的說，海燕一味點頭。

「黃先生好嗎？應該退休了吧？」

「是的，爸爸早十年前已經退休。」

跟足身分證，然後吃長糧。

「退休前好像任職水務署？」

「老師記性真好。不過，你未必一眼認出他，他已很蒼老；不像老師，只是黑髮換成白髮。」海燕説。

「的確，他當然很蒼老了。」説得很唏噓。

海燕詫異老師的率直。

「你回來？……」

「噢！是十六歲的告別禮！」

李飛霞會意的微笑。不期而遇，還是守住鑰匙的秘密吧。海燕打消了入屋的念頭，再寒暄幾句，便和李老師道別。

走不了兩步，還在小巷內的李飛霞把他叫住，海燕回頭。

「你快十七歲了，有些事情你應該知道的。……黃先生有沒有告訴你？」欲言又止。

「爸爸？告訴我什麼事？」海燕不明所以。

「依然喚爸爸，即是說，你不知道。」李飛霞頓一頓，「我可能冒犯了，揭人私隱。黃樟先生不是你爸爸，而是你公公！」

「什麼？」海燕大驚。

「唉，可憐的孩子，活了快十七年，連自己是誰都不知道，不是很可悲？」

「老師到底在說什麼？」海燕期期艾艾。

「這樣說吧，這個家，」李飛霞指指綠色的鐵門，說：「本來一家三口，男戶主兩夫婦，還有一個年輕貌美的女兒。忽然一天，那個女兒多天沒有露面，後來露面了，帶回一個男嬰。過不多時，女兒又走了，不知所蹤，而男嬰卻留了下來。女戶主受不了打擊，不久辭世。男戶主獨力撫養男嬰長大，數年後，可能要抹去往事吧，帶着孩子走了，離開知道他們底蘊的社區。」

十七歲

第三章　殺人事件

滿腹疑團！

海燕睡在牀上，徹夜無眠！阿喊的單位人聲鼎沸，高八度的福建話，感情豐富，情緒高漲，因為聽不懂而成了沒有意思的噪音，更使人心煩意亂！

腦海中，反反復復的回憶李老師在舊居門前述説的故事，而最驚心動魄的一句是「他是你公公」！

從來沒有置疑的身世，只是取笑爸爸年紀大，忽然出現了一個破綻！或者説，一個答案，年紀大，因為是公公。孰真？孰假？

如果是真，靈位上的就是外婆了。真正的媽媽不知所蹤，亦可能不在人世；而爸爸呢，爸爸又是誰？海燕不喜歡這個推倒重來的新的人生設定。

如果是假，李飛霞為什麼要說謊？她和我們一家有仇？這個假設非常勉強，今天和李老師只是一場偶遇，或是她，或是我，都沒有預先佈局！

要和可能是公公的爸爸對質！他會跟我和盤托出？抑或矢口否認？他不會輕易說出真相，不然，一早就告知我身世了，也不用從堅尼地城搬來北角，避開舊街坊！想來，找不到房東無法交租只是一個藉口！

如果他不說，我要苦苦相逼追問下去嗎？

海燕輾轉反側。

不少堅持打開潘朵拉盒子的人，得不到答案之餘，更是自尋苦惱，失去了無知時的幸福！到底要扮無知，踏着前路繼續往前走，抑或是沿路回頭，尋找真相？哪一樣更重要，哪一個決定才正確？

思想着，思想着，海燕敵不過睡魔。靜寂的聲音漸次擴大，千軍萬馬似的壓擠耳膜。靜寂最後把海燕吞噬，他看見自己被吸進一個超大型滾動的漩渦，變小，不見了。

一覺醒來，無比疲累。星期一，要回學校買課本，如果課本不齊，還得到各大書局張羅。

海燕勉強起來。忙了一整天，添置了一些開學用品，回到家門口。

阿喊聽見開門聲，走過來，向他招手。

「喂，過來一下。」

海燕丟下手頭上的東西，跟了過去。

「咦，活像喪屍呢！」

「昨晚，一夜沒睡好。」

「我的同鄉很嘈吵吧！不說你，我也招架不住！」阿喊訕笑。

「沒事。」海燕真心說。

「有速遞送給黃爸爸，我幫你收了！」

指指地上。一個醬甕，陶土，闊肚，高約二呎，上面貼着一張紅紙，上面寫着「四物」二字。

「咦，是爸爸送回家的吧！」海燕俯下身來瞧。

「不是，是他的一位日本朋友，叫水務你知。」阿喊忍笑續說：「而我有見識的同鄉認得這個牌子，斷言裏面是用地產發酵的醬料。」

海燕移動，抱起，一點也不輕！

海燕將笨重的醬甕抱回家，順手放到廚房的木桌上。小小木桌卻是多功能；早餐桌、雜物架、隨手買回來的食材……。北角的舊式大廈，圖則都很相似。一進門，順序就是廚房和浴廁室，而廚房寬闊，大小與睡房無異。

收到醬油兩天後，黃樟從中山回來。

海燕告訴他醬油的事，因為不想提起李飛霞，所以也沒說堅尼地城的告別禮。海燕選擇不相信李老師，畢竟年紀還輕，重大又未有足夠心理預備知道真相的事還是無法觸碰，相信很快便會自動淡忘的了。

海燕不急於水落石出，反正，放在眼前更重要的是收拾心情，預備開學，這是非常關鍵的一年，直接影響升大學和將來的出路。

星期三，海燕十七歲生日。

兩父子去海洋公園。某年生日，海燕提議去海洋公園，以後的生日，也不再花心思，都是去海洋公園慶祝。年年如是。海燕想，最後一次吧，明年，明年跟爸爸說不去海洋公園了，實在太勞累，天氣一年比一年熱。

晚飯在外頭，吃西餐。一回家，海燕馬上去洗澡。

擦着頭髮走出來，大廳中不見爸爸，原來坐在廚房，怔怔的望着那醬甕。海燕差點遺忘了它。

「爸爸，誰送的？」

「是一位舊同事，一位很久沒碰面的老朋友。」黃樟不像回答，更似自言自語。

「原來這樣。」海燕坐到黃樟身旁。「怪不得叫水務你知，我和阿喊還以為是日本先生。這位舊同事，知道你喜歡梅醬？」

「不是，這埕醬是有意思的。有跟我『算帳』的含意，梅醬，表示陳年往事。」

「什麼！」實在太意外了，印象中，爸爸不算是好好先生一名，有求必應，但儘量與人為善，少添麻煩，退休後的嗜好是看電影，獨來獨往，很少和舊同事碰面。於是問：

「會不會是誤會？」

黃樟搖頭。

「現在回想起來，在天橋上的男人就是他。」

「啊呀！」沉進海底的不愉快遭遇突然又浮上水面。「到底是怎樣一回事？」

「二十年前吧，那時我快要從水務署退休，一個年輕人來到水務署，黑實的個子，樣貌孩子氣，很虛心受教。」

海燕回想。「經你這麼一說，倒有三分相似，當時不知如何描述，他好像有病，不會是癮君子吧！」

「你不要打岔，我想現在說清楚了，不知道將來會有什麼事情發生。」黃樟讓海燕安靜。

「我是資歷最深的科文，新來的同事都要跟我一段日子。這位年輕同事，我經常帶着他老遠去海水化淡廠工作，朝夕相對，見他受教便傾囊相授，成了我的好友，我更視他為入室弟子、接班人。

「但日子久了，這個年輕人慢慢表露出劣根性，最大的問題是好賭。他自恃聰明，在賭枱上一往無前，甚至曠工過大海。最初他問我借錢，我完全沒有問因由便借給他，也沒記帳，後來見他沒有還債的意思，聽其他同事説起，才知道人人都是他的債主。

「這個人，已經誤入歧途，但我發現得太遲。他因賭而變得神憎鬼厭，其他同事都視他為害羣之馬，很希望把他調走。而未等到這一天來臨，他已經犯下嚴重的錯誤。詳細情況不知道，大概是利用職權向街市有需要用水的販檔敲詐。後來政府接獲投訴，便對他展開調查。他矢口否認曾上門敲詐，堅稱被指稱的那日和我一同出外工作。『你們可以找樟哥問個明白，他可以做我證人』……」

「但當調查員向你查證時，你卻實話實説，並不幫他隱瞞。」聽得入神的海燕插嘴。

「對。早一日，他已來求我，央我給他補簽出勤更表，我不是沒有掙扎的，我知道，如實反映，便毀掉了他的前途。但我不能揞昧良心，而且，也有一絲寄望，他受了教訓便改過自新。我告訴調查員，當天，他確實和我一起，但一踏出水務署，他便開溜了，不知去向。他給逮捕了，因為又帶出數宗事件，判了三年刑期。我還記得，他被帶走那天，狠狠留下一句：『想不到以我和你的交情，你會這樣對我，我會和你算帳的。』我想去探監，他也拒絕見我。」

「三年很快過去吧，真的那麼大仇怨？」

「聽說，因牢獄之災，得了一個很難治好的病。而他認為，一切都緣於我不肯救活他。」

「……可是，為何隔了這麼多年才來尋仇？」

「想來是追蹤不到我的下落吧。」

原來這樣，所以，搬遷是有原因的，未必如李老師所說。而在行人天橋放哨，一方面要證實仇人的下落，另一方面就是施下馬威了。海燕不寒而慄。

「不如報警！」

「得饒人處且饒人，他也可憐，如果我一開始便不縱容他，或者他不會落到如斯田地。故友，始終要見一趟。路要走，結要解。如果能力許可，我倒願意幫忙故人安度餘生。」

十七歲

海燕明白老父的個性，他說到就做，也不再勸阻。安心了，用錢就不會動武！

「老爸，我撐你。你不用掛心，錢財身外物。你兒子海燕長大了，成功不靠父蔭！」

「是的，你長大了。終有一天，你會孤身一人，我也會孤身一人。」

「唏——怎麼說得傷感——」

海燕看着日漸年老的爸爸，有點不安，故意伸個懶腰，訕訕的說：

「唉，累死人了，快睡吧。」想逃入房。

黃樟卻叫住他：「嗨，你好像忘記了一件事。」

「什麼事？」

「每年的壓軸戲——」

「喲——生日禮物，我的生日禮物。」怪叫，「差點走寶了。」

海燕伸出手，黃樟從口袋掏出一樣物件，放到兒子掌心。海燕低頭一看，好生奇怪。一個長方形墨綠色扁身小塑膠袋，打開袋口，抽出一把鑰匙。

「這是保險箱鑰匙。」黃樟解釋。

「保險箱鑰匙？今年的生日禮物？」

「沒錯，十七歲的生日禮物。有機會你去看看我放了什麼在裏面，用我和你的名字開立的，你去加上簽名鑑證就可以使用。」

「老爸，這份生日禮物不吉利，我不要。你改送其他吧！」

把鑰匙扔到桌上。

「退回生日禮物更不吉利，好好收了。還有，隨身携帶，放進錢包吧。」黃樟又把鑰匙抛給海燕，走入房了。

接着的兩三天，是屬於海燕和朋友的慶生，通常都會在外頭盡興，然後是新學年開始。

星期五，在旺角開慶生會後，海燕接近凌晨才回家。順道問朋友借了幾本參考書，背着重甸甸的背囊。

掏鑰匙開門。玄關的吊燈開着，微弱的燈光，只足夠照出模糊而熟悉的室內輪廓。爸爸應該就寢了。海燕放輕腳步，預備放下背包、脱鞋之際，聽到廚房傳來斷斷續續的叫聲。

「石，放——開，石——救——命！」悶哽而勉強的掙扎，聽得出是爸爸的聲音。

海燕吃一驚，衝入廚房。「爸——什麼事——爸——」

看見爸爸坐在桌子旁的木櫈上，前面站着一個人。

帽衣人！俯身向前，雙手掐着黃樟的喉嚨。黃樟滿臉通紅，快要窒息！

「喂，喂，放手，放手！」

海燕從後面來扯帽衣人。

帽衣人竟然像太極高手，或者懂縮骨功，抓下去，軟綿綿的，毫不着力，兼且愈扯掐得愈緊，也不回頭，更沒有放手的意思。

黃樟開始沒有氣息，兩手鬆開下垂，快不再掙扎了，無力，又或者放棄。

海燕急得淚水湧出，退後兩步，環顧四周！

木桌上，一個圓形物體。

梅醬甕！

不假思索，抱起醬甕，轉身高舉雙手，用盡全身力氣，對準對方的頭顱砸下去！

十七歲

長亭外，古道邊，芳草碧連天。
孤雲一片雁聲酸，日暮塞煙寒。
伯勞東，飛燕西，與君長別離。
把袂牽衣淚如雨，此情誰與語？

——〈送別〉

第四章　地區報

「我先告辭了！」章綽棉姍姍站起來，跟在座出版總會的各委員說。

委員們不論男女隨即全部站起來。

「章大姐，慢慢走，辛苦你了。」

大家異口同聲，必恭必敬。當中，全是香港右翼書店老闆、出版社經理。每季例會，會後都吃午飯。由於輩分，章綽棉每年都當選主席，行內都是章大姐章大姐的稱呼。她的辦公室在北角，所以，飯局都遷就設在北角。

然而，章綽棉長期吃素，酒樓飯局純粹是虛應故事。

十七歲

不到十五分鐘，章大姐已經回到辦公室了。

一幢商業大廈，高層單位可以望海。

章大姐走入自己的專用辦公室，撥開百葉簾，循例朝海面掃視，不一會，鬆開手，百葉簾又合上。

秘書何美娟尾隨而入，手上一個托盤，上面一碗熱騰騰的豆腐羹，和熱燙適中的饅頭。

這個才是正餐呢！章綽棉慢慢享用，然後把椅背一轉，背對着海，假寐約二十分鐘後，走出辦公室。

何美娟正忙着。適逢月初，要將台灣各類專業雜誌分寄到各訂戶，有些冷門的雜誌，只能透過「中華章氏雜誌代理出版社」才能訂購，在香港是買不到的。

「小記他們呢？沒人來幫忙？」章大姐隨口問。

「《北角地區報》那邊缺人手，央我們派人過去！」何美娟一邊説一邊打印訂戶通訊地址。

《北角地區報》每週發行一次，章大姐的出版社有份贊助地區報出版。

「上一期，派發量忽然飆升了，大夥兒興致勃勃的在編印新一期。」

「為什麼？」出版人對發行數字都十分敏感，不管發行的刊物是賣的還是送的。

「有一宗離奇的案件發生，大家開始像追小説一樣追看。」

「拿一份來。」章大姐馬上下令。

「已經放在窗台上，早知你有興趣。」何美娟笑得得意。何美娟已經四十多歲，仍帶點賣弄，帶點天真的可笑。

果然，九月第一個星期的地區報已然在窗台上。

因為怕海面的反光，又愛惜着海，百葉簾經常下到一半，如果不坐到大班椅上，視線不會投到那個位置上。

翻到第二頁，看見一則報道，標題寫着：「屍體不見了，疑兇失蹤，警方無案可查。」

「應該是這一段新聞。」當時，並沒有預計到讀者的反應，只佔了四分一版面的報道。章大姐不得不拿起寫字枱上的遠視眼鏡來閱讀。

報道指，星期五接近凌晨，在錦屏街一座大廈八樓，一位從福建來港探親的女士，聽見緊鄰單位傳出叫救命的喊聲，因為好奇，本來已經躺下，隨又開燈，透過房間的小窗察看。客房正對着的是隔鄰單位的廚房。因為開了分體式空調，窗子本來緊閉。

一推開窗，馬上，一股強烈的香醬味飄過來。廚房沒有開燈，小窗開得高，又給抽氣扇擋住了視線，她勉強看見廚房地板的一角。

看見一個人伏在地上，一動也不動！

「有人叫救命，有人伏在地上，出了命案啦！」女遊客急得福建話嘰嘰喳喳，沒有層次，亂七八糟。阿喊做翻譯，只選重點跟上門調查的警員説。

記錄在案之後，警員去按黃樟的門鈴。黃樟開門，手上拿着沾滿醬油的毛巾。警員道明來意，黃樟一臉茫然的：「家中只我一個人，沒有深夜訪客，也沒有人叫救命，唯一事故是我摸黑入廚房，打翻一埕醬油。」

「可以讓我入屋查察嗎？」

「當然可以。」黃樟讓開給警員進來。擾攘一番，沒有發現。

當警員告知打 999 的報案者時，她一味搖頭不同意，「我可以發誓，有人死了。」這趟警員聽得明白，因為她舉起三隻手指。

「如果真的有人死了，可能立刻上了天堂，因為屋內只有一個活人。」

「或者棄屍了。」警員望着阿喊，阿喊極不情願翻譯了。他很憂慮海燕的安全。

「沒可能，一時間如何搬得動——」

「他還有一個兒子。」

「為什麼不早點説？」這樣又當別論了。

警員要求人手增援，又再找黃樟問話。

增援到達以後，分成四小隊在錦屏街附近搜索，又打電話找黃海燕。

電話沒人接聽。

直至凌晨五時，警員才無功收隊。事件的確可疑，但又沒有任何頭緒。

勞師動眾的，報案人有點不好意思，信心動搖了，自動要求銷案。「也不必。」警員卻説，吩咐黃樟：「兒子回來，叫他馬上跟警方聯絡。」

報道是事發以後兩天做的，福建親戚已返回祖國，黃海燕卻人間蒸發。

單是報道沒有什麼苗頭，於是記者跟蹤黃樟，偷拍了照片，連同報道一同刊登。

照片中的黃樟，剛從街市回來，開大廈鐵閘。

沒有迴避鏡頭，沒有不快，反而，聽見快門聲，轉身望着鏡頭。

於是，記者快快的多拍一張！

章大姐將注意力集中到黃樟的照片上。

「這個人，我應該認識的！」章大姐陷入沉思。

想起了某個深刻的畫面，某個人！

「是他，會是他嗎？」

縱然照片中的男人非常蒼老，但因為從前的一幕印象深刻，無法忘懷，記住了；而照片中的男人與記憶中的人有七八分相似。

多少年了？

十七歲

章大姐屈指一算。

「十七年，沒錯，已經十七年了。呀！」章大姐挨到椅背上，長歎一聲。

「下一期地區報什麼時候出來？」章大姐走出來問。

「章大姐忘記了？逢星期二出版。」

「地區報印出來後，馬上給我一份。」

「知道了。」

第五章　殺人現場

1

「我不擔心兒子的安全。」

「為什麼？道理很簡單。沒有兇殺案，只是一場誤會。我的兒子，黃海燕，我可以在此向你們保證，他是清白的。」

「失蹤？顯然，他是給地區報的報道嚇呆了。慶生會以後，他可能去了朋友家中盡興，或者去離島住一兩天。不是湊巧，他向我提及了，仍未落實，然後見到報道，害怕起來，躲藏了。」

十七歲

「我不是說報道不正確。你們也說了，警方的調查沒有結論，證人更推翻口供。」

「警方未結束調查？那只能浪費警力了，因為事實就是事實。沒有夜訪，沒有爭執，海燕當晚也沒有回家。我打翻了一埕醬油，在做清潔，直至警員拍門。」

「沒有聯繫？的確，沒有聯繫。慌亂的兔子不懂回家一點也不出奇。只是，這並不代表兔子什麼都不知道。」（記者按：其實我並不明白受訪者黃樟先生這句話的意思，只好如實記錄。）

「假如是你，你會怎樣做？」黃樟先生突然轉換話題。

「我……」我（記者）想不到黃先生會反問，猶豫一陣子，回答：「會馬上聯絡警方，作出澄清。」

「你肯定？你多大？」

「吓——」黃先生用堅定的眼神望着我。真的，我不太肯定。然後直率的，告訴受訪者我的年齡。

「黃海燕比你還要小五歲，一個孩子呢！好了，訪問到此為止，我累了。」

黃先生主動結束訪問，轉身走進大廈，大閘門在我前面砰一聲關上。

一切都意想不到。

意想不到黃樟先生會接受我的訪問。

意想不到會被人問到我的年齡。

更意想不到，訪問在我和嫌疑犯的歲數差距問題上畫上句號。

以上是《北角地區報》記者糯米糍為讀者追訪的現場報道。

2

章大姐把地區報看了又看，閱讀，研究，放下，思索。繼而又將報章拿起，湊到眼前……

站在大廈入口行人路上做的訪問，當街拍了幾張正面的照片，黃樟的樣貌更清楚顯示了。

「糯米糍，看來你給黃樟利用了。」章大姐自言自語。

黃樟借此機會，向兒子發出信息。

——我（黃樟）很安全，你（海燕）不用掛心

——不用聯繫

——警方沒有結論

——當晚你（海燕）沒有回家，以上是我（黃樟）的口供陳述，你要記住了

——兔子（海燕）受驚不回家，不知道事態發展，但我（黃樟）會不斷透過媒體報道讓你掌握事情的發展。

……

「當天晚上，在黃樟家中，的確有命案發生了。」章大姐經過仔細的分析，作出結論。

如果沒有任何事情發生，黃樟不用那麼大費周章，利用地區報來演一場戲。

極有可能，兇手就是黃海燕，殺人之後逃亡，父親幫他處理屍體和善後，掩飾罪行。

關鍵是沒有屍體發現，否則，黃海燕已成了通緝犯！

連記者都用嫌疑犯來形容黃海燕，可想而知，大家都不相信黃樟的辯解！

受害者是誰，是不是給黃樟處理掉了？如何處理？憑他一個人，怎能在這麼短的時間內把屍體處理掉！

而隨着時間一天天過去，找到受害者的機會便愈來愈渺茫！

事件被淡忘以後，黃海燕回家，警方例行問話，然後獲釋！

想到此，章大姐拿起電話，撥號。

「喂！英明神武『易』偵探事務所的周閏發。請問是誰？」電話鈴聲響了七八次，對方接通了。

「你說我是誰？」

「──呀，高貴可親的章大姐？多時不見，章大姐別來無恙？」

「不要跟我打哈哈了，我又不是小孩。想你幫我打聽一件事。」章大姐是在夫家一件遺產案中認識周閏發，一家非牟利偵探社的青年偵探。

「是委託？」

「不一定委託，也不一定不委託，視乎打聽的結果。」

「哈哈，你倒非常精打細算！沒關係，以我們的交情，問吧！」

「一件在北角的 999 報案，有沒有正式立案調查？如果有，close file 了沒有？」

「嘩，章大姐，你的英語巧巧聽。毫無難度，馬上打聽。」

章大姐把案發的日期、時間、地點，在電話中交待了。

「不如我再多查一項失蹤人口，好嗎？如果真的有人給謀害。」

不料，章大姐說不用。

「我怕耽誤時間，你先查這一項，今天就答覆我。」

原來不是關心命案！有點意外。

周閏發好奇問：「章大姐，你着急什麼？」

「這個黃樟，我可能認識。」

「嘻嘻——章大姐真多秘密——可是，你已經是陳夫人嘛！不要跟我說你着緊這個黃樟。」

「當然不是，我着緊他的兒子黃海燕！」

3

啞黑色、膠稠的液體隨着破碎的陶土片溢出，全室立時充溢濃烈的青梅香氣味，籠罩一室，讓人一時迷失。

海燕看着爸爸慢慢甦醒，才感受到雙掌傳來的刺痛。

舉起雙手察看，黏黏的，黑糊糊的，可能有血，但什麼也看不見。

前面的那個男人已經倒下了，癱軟在地上，四肢張開，黑色的液體糊住整個頭顱，一動也不動，不知是生是死。

海燕全身發抖，驚懼得失去意識！

時間彷彿靜止了，思想也停頓了，直至黃樟會意過來。他勉力從木櫈站起，挪動，然後俯身。

「阿石！阿石！」低喚了兩聲。

沒有反應！黃樟伸手，查探那個人的鼻息。

海燕屏息靜氣，全身冒汗。

爸爸的手往下移，按到那人的頸項上。

然後，緩緩抬頭，眼光在兒子的臉上凝住，死灰的，喉頭震動，卻沒能發出聲音。

信息非常清楚！那個男人已經死了。在我手上，完結了生命！

再看雙手，無法相信眼前的一切。思想混沌之際，突然聽見：「海燕，走！」

爸爸命令。

先是一呆，明白了，海燕拔足，想奪門而出。

「等等！」身後又聽見爸爸叫，「你的手，不要摸門把！洗手。」

海燕剎住腳，像機械人，爸爸說什麼，做什麼；衝去浴廁間，扭開水龍頭，嘩啦嘩啦，發狂的沖洗。手掌心有幾處割破的地方，並沒有大礙。海燕洗手時，黃樟走入房間，很快又折返。手上多了藥水膠布，和一個紙皮信封。

「快點離開，我會清理現場！」幫兒子處理傷口，然後把信封塞給他：「這是現鈔，不要用提款機，不要聯繫，不要用任何電子通訊。」

海燕奪門而出，跌跌撞撞，逃離案發現場。

坐在北角碼頭側的石階上，海燕哭了！完全不受控制！

十七歲！

我會再見到爸爸嗎？

4

「看來，警方是不會跟進事件了。」章大姐沉吟。

「除非有新突破。」周閏發把一塊羊腩塞進口裏。章大姐沒有拜託調查，沒有酬金，周閏發硬要章大姐請吃飯。其實，章大姐非常樂意作東，因為某種原因，她跟丈夫不同住，經常一個人在外晚膳。這一家開在北角酒店一樓的馬來西亞餐廳很對她的胃口，開業年多，已成了她的飯堂。兩人都點了薄餅，章大姐的薄餅跟叻沙雜菜。

「我說，章大姐，不如你請『易』調查吧。」

「理由——」

「理由一，我現在是代社長，如果能做出一點成績實在太棒了。理由二，這個北角疑似殺人事件，很逗人破解！」周閏發鼓其如簧之舌。

「你是代社長？居巽圓社長呢？」

「她又情傷啦，去了一個太平洋小島避世。」

十七歲

「我也從陳老泉口中聽聞，不過沒你說得坦白，她竟然一次也沒有學乖。」

章大姐口中的陳老泉本名弱泉，是章大姐的丈夫。陳弱泉開的士多，和易偵探事務所在同一條街上，是老街坊。

「她應該向你請教戀愛之道。」周閏發借機討好。

「緣分這碼子事，很難說得準，她早晚會找到真愛！」

「如果找到真愛，以她的個性，永遠不回來了；如果找不着，三個月、半年不見蹤影是肯定了。所以，章大姐，讓我『發市』吧！」

「唔——」章大姐想了一會，說：「這件疑似殺人事件，如何逗人？」

周閏發見章大姐鬆了口氣，心頭一喜。

「警方的資料顯示，999 的報案時間是十二時五十五分，警員接報後五分鐘便趕到現場，再去黃樟家。單位內除了一陣陣香濃的醬料味之外，沒有聲稱的伏屍。那麼說，兇手和幫兇，如果有的話，清理現場的時間最多是二十分鐘。」

明顯，周閏發決心拿下這件案件。

「且慢，你說兇手有幫兇？」章大姐緊皺眉頭。

「那當然了，就是黃樟兩父子嘛！誰會相信黃海燕不在現場？」周閏發打開手機，悄聲讀出一段他弄回來的口供：「報案人聽到一把年輕的聲音說：『放手，你放開手。』她當着警員問姪兒阿喊：『你聽見嗎？你也聽見嗎？經常和你進進出出的鄰居，那個青年，我肯定是他的聲音。』阿喊卻堅稱沒聽到。之後是大力的關門聲。」

「黃海燕——逃跑了？」

「對，雖然沒有目擊證人。舊式大廈沒有閉路電視，沒有看更。大家認為，最安全是住戶自備實體鑰匙。」

「屍體哪兒去了？很多無法解釋的疑團，不如說，沒有兇案發生更來得實際。」

周閏發望章大姐一眼，道：「章大姐，只要看你的眼神，便知道，連你自己也不相

十七歲

信這個解釋。」

「相信也好，不相信也好。我累了，要回家。」

章大姐示意侍應結帳。

「那麼，你不聘請我繼續調查？」周閏發笑得曖昧。

「不了。你笑什麼？」章大姐有點不安！

「巽圓姐真是料事如神。」

「巽圓姐？居社長？」錯愕，「你要向她報告？」

「這是我願意做代社長開給她的條件，以防她一去不返。唯有案件能給她一絲人生樂趣。她已經預言，章大姐為了黃海燕的安全，一定撒手不管。」

「竟給看穿了！」章大姐低頭喃喃。

「章大姐，巽圓姐叫我跟你說，只有繼續調查，才能幫助黃海燕，保證他的人身安全！」

第六章　匿藏所

1

「自首吧！這些天，思前想後，還是自首最妥當。老爹，我是這樣認為的。」海燕說。

海燕匿藏在堅尼地城舊居，他坐在地蓆的南面，面向黑漆的北面自言自語。

沒有回答，但聽得夏蟲在更黑漆之外聒噪。牠們向誰叫囂？是鎖住牠們的大鐵門嗎？

海燕站起身，小心翼翼的繞過一排蠟燭陣，走到地蓆的北端，重新坐下。

「你想也別想，我就知道你的打算。相信我，這是下下策。」海燕壓下聲線，學着爸爸的語氣。

他一人分飾兩個角色呢！

晝出夜伏，在堅尼地城的故居，如果不想瘋掉，一定要找個對象傾訴。相比於湯漢斯找個悶聲的排球聊天，海燕認為，想像老爸在身邊更來得實際。

海燕又移到南面了。

「為什麼是下下策？我是救父而誤殺！我查過不少案例——各大小圖書館、歷史檔案館留下不少我的腳毛——如果陪審團相信我，陪審團一定相信，我實話實説，十七歲，有美好前途，依香港法例，輕則兩三年，甚至1996年一個案例，女被告要擺脱受害人的轄制，錯手殺了受害人，只輕判一年，而且因為已經關押多天，當庭釋放！」

「下下策，再説一次，下下策！留了案底，前途盡毀。相信我，這種人，再活下去會繼續犯法，餘生始終在監獄中度過，你不必內疚。」北面的海燕説。

「老爸，你的言論會給人去平等機會委員會投訴。……人都是自私的，我顧慮的是自己，我不想帶着罪惡感活足一世。」南面的海燕又道。

「那你用餘生努力向上，飛黃騰達便做大慈善家。」

「你説《孤星淚》的 Jean Valjean？但更多電視劇橋段是，殺人犯成了社會名流，天網恢恢，二、三十年後，真面目給拆穿了，那個時候鋃鐺入獄就更難堪了！」

「哼，現實生活要是這樣，那才有天理！我倒想見識見識。」

來來回回，南面、北面——

一陣怪風，連夏蟲都噤聲。

海燕給唬住，摸摸後頸。

「天啊，為什麼如此入戲。老爸竟然玩認真！」

一個翻身，海燕索性睡倒在蓆上。

十七歲

安靜了，蜷曲着，匿藏所只他一個，孤單的一個。

如果是坐牢，也不是這般滋味吧。可以放風，可以工作，不惹麻煩，斷不會隔離監禁。

可是，麻煩會找上門的，大家都知道裏頭是另一個世界。

不敢想下去了。「睡吧，黃海燕，你夠累了！」

真的非常疲累。

自從逃到匿藏所，怕給人發現行蹤，每天凌晨五時便出去，悄悄的開門，悄悄的關門，儘量保持房子丟空的樣貌……

連鞋子也不敢穿，貓步的竄出無人的小巷，開始一天的流浪。

狂看電影，喪上圖書館，去書畫展流連。也試過一整天不出門，卻是提心吊膽。其實十室九空，但偶爾傳來鄰居打招呼的聲音，小童在狹窄的地臺上踏單車，甚而是無甚意義的動靜，都會觸動海燕的神經，精神更疲累了。

「睡吧，黃海燕，你夠累了！」

這句獨白非常奏效，海燕一下子就睡了。

沉睡，五時多一點便醒來了。

像忍者，一骨碌便從地上跳起，摸黑去洗漱。

「幸好老爸有交水電費！」黎明，水管流動的水聲異常響亮，水流在狹長的水管內你擠我擁。每趟用水，海燕都會這樣想。

彷彿預見到會有逃亡的一天，要躲在舊居中，被蓋一應俱全。

當然，海燕不開燈，也不舉炊。

房子其實是地舖的後半部，堅尼地城一帶，從前的小店都是前舖後居。店子臨街，後面就是店主放置貨物、作息的地方，連着後院，再過去就是矮圍牆。

後來，大部分業主為了多賺租金，把舖子一分為二，中間砌出了牆，後面延伸出去，左右也加上高牆，兩牆之間附設一扇門，便成了一個分租單位。如果前舖是3號，僭建單位就是3號A，餘此類推。

黃樟當時租下的，就是中間的5號A。不要小覷這個單位，連霸佔了的公共空間，竟然有三百呎平方！

很舒服的小天地，全開放式設計。唯一缺點是面積長方形，沒有窗，光線不足。所以，租戶都會在頂棚開天窗，近牆腳處闢出通風口，日不閉戶。

提起波鞋，背起背囊，躡手躡腳的打開半扇鐵門。

尚未迎來曙光的小巷，像沉在深海的一艘船，星辰仍掛在半空。

2

保險箱內，除了一份地區報以外，意外地，還有一張發黃的舊照片。

「咦？」

把照片揣到懷裏，開始仔細讀報，保險庫是閱讀地區報最安全的地方。

十五分鐘後，海燕把報道自己事件的一頁撕出來，放回保險箱。離開銀行時，順便將餘下的部分扔進街角的垃圾箱。

自從十七歲生日以後，連串的經歷都非常怪誕。可以說，就快見慣不怪了，連自己殺人的事也開始變得麻木。第一天來開保險箱，鼠頭鼠腦，現在，竟然毫不膽怯。

在錢包發現保險箱鑰匙，才想起生日禮物。

忽發奇想，爸爸會不會利用保險箱和我聯絡？

拿出鑰匙細看，上面印有銀行的紅色商標。因為經常在馬路上跑，一眼便認出了是哪家銀行。商標分上下兩半，上半部是銀行名字第一個字的上半身，下半部是名字第二個字的右邊，這樣砌成了一個商標！

一家中資家族式銀行，上市的，卻不是爸爸開戶口的銀行。已經夠納悶了。「爸爸為什麼要在這家銀行租保險箱？」北角開有分行，但海燕怎敢踏足北角！

發獃好一會，再拿鑰匙袋細看，才發現上面用幼號的原子筆寫上15x15x22。顯然，是爸爸外加上去的，深藍色，並不容易察覺。

「是保險箱的尺碼吧！」

範圍縮窄了，湧出一絲希望！

去一家很少人進出的公共圖書館利用互聯網，不需要五分鐘已經查出了。這家銀行，只在旺角分行提供這個尺寸的保險箱。

心結愈打愈緊了，而更神奇的是，保險箱內，只有一份地區報！

本來就是空空如也的？

爸爸有預知能力，一早租用保險箱和逃亡的兒子保持聯絡？

心情跟着地區報的報道起伏。

一開始便大肆渲染，被形容為疑犯！

連日的報道，今天，終於剔出頭條以外！鬆一口氣時，爸爸卻放下了一幀照片！

旺角樓上 café 多的是，海燕叫了一杯雪糕咖啡，急不及待拿出照片。

一張生活照，背景是一個游泳棚，前景一張白色沙灘圓桌。五個人，圍着沙灘圓桌，有人站，有人坐，其中一個男人穿泳褲，其餘的人都是作夏天的便服打扮。

翻到照片的背面，看見一行小字：十六歲生日，和他的第一次合照，1998。

十七歲

雖然有五個人的合照，但很明顯，這張照片重心人物，是那個十六歲的她，和一個她非常關注的男人。

再翻看照片，不見爸爸！

爸爸為何保存這照片？又為何在自己逃亡的關頭把照片放到保險箱？

「十六歲！」

十六歲的女孩在照片中一眼便認出來了。

三男兩女，一個穿套裝洋服的女子，講究的曲髮，是典型成熟、有見識的女子。剩下一個紮起馬尾的女孩明顯是照片的主人，作學生打扮，掩不住的青春，含笑坐在與曲髮女士相對的沙灘桌的另一端。

情竇初開，歡歡喜喜的和心上人出遊！

眼裏並沒有其他人存在！

可是三位男士都是中年漢呢！都不是和她年齡相若的小夥子。兩個站着，一個坐在曲髮女士稍後位置。

坐着的一位，應該和曲髮女士是一對的，有點不慣面對鏡頭的生硬，不像站着的二人自然而愉快。

所以，不會是「他」；那麼，剩下的，只能是站着的二人其中的一個。

一個穿泳褲、一個穿細格紋紅色夏威夷。兩個人，彼此搭着膊頭，好像很稔熟。穿泳褲的很高大、笑得豪邁，有種大人物的風範。穿夏威夷的較含畜，帶點邪氣的英俊。

兩個都站在少女後面，到底是哪一個？

且慢！穿夏威夷的，原來右手放在少女的椅背上，指尖觸碰到馬尾！應該是「他」！

「十六歲生日，和他第一次合照，1998。」海燕一面翻弄着照片，一面思索。照片如何去到爸爸的手裏？十六歲女孩跟爸爸是什麼關係？這照片又跟我有什麼關係？

十七歲

想着想着，忽然，李老師的話跳了出來。「黃樟先生不是你爸爸，是你公公！」「活了快十七年，連自己是誰都不知道，不是很可悲？」「還有一位年輕貌美的女兒……」關於自己的聞所未聞的身世！

再一次，海燕認真地定睛看照片中的少女。

難掩喜悅，羞澀的笑着，嘴角的法令，一條向下指向嘴唇、一條像小支流，流向面頰！

不對稱的法令，歪着笑的嘴角。

天啊，這個不正是我的特徵？這個少女，是我的親生媽媽？

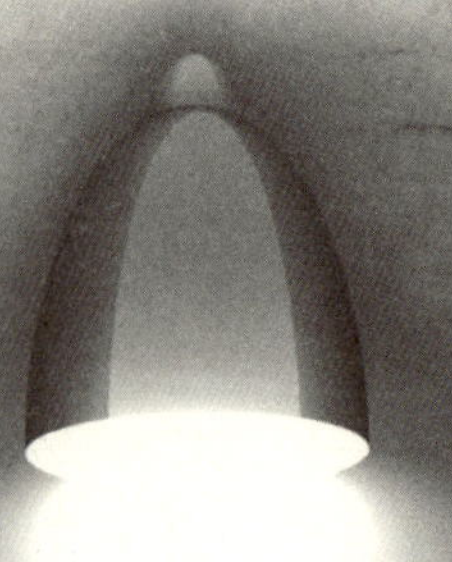

人皆有父，翳我獨無？
人皆有母，翳我獨無？
白雲悠悠，江水東流，
小鳥歸去已無巢，
兒欲歸去已無舟；
何處覓源頭？

——〈天倫歌〉

十七歲

第七章　屍首之發現

1

周閏發凝視熒幕一整天，沒有任何頭緒。

熒幕上，是黃樟的住所。靠着這個隱閉鏡頭，周閏發想找出黃樟埋屍的地點。隱閉的鏡頭，是周閏發在北角街市神不知鬼不覺貼到黃樟的褲管上的。

憑着私家偵探的直覺和堅持，周閏發認為，如果真的有人被謀害了，屍首還在屋內。只是權宜之計，靜待時機運走。可是，除非這間屋有密室，黃樟又有辦法除去死屍的惡臭。關於這些疑團，熱情的私家偵探絕對有興趣挖掘！

「你先追蹤黃海燕下落。」即使委託人章大姐要求，周閏發也不應允。他解釋：「尋找黃海燕不費吹灰之力。找到他又如何了？勸他回家？」

「這——」

「所以，尋找真相至為重要。」

「我不管你查什麼，總之，我只給你一個星期，一個星期你還不能告知我黃海燕的下落，委託便終止了。」

「放心，難道我跟錢有仇！不過，水落石出以後，你也要守諾言，告訴我你為何着緊黃海燕。」

現在的周閏發後悔了，在章大姐面前過於托大。翻看又翻看黃樟兩天生活的錄影帶，並沒有任何發現。兩天後，黃樟已將褲子掉進洗衣機。

他想起蘇呼！

從一開始，他不願意找蘇呼幫忙，時間緊迫，剩下的，似乎只有這個方法。他往後一靠，向遮羞板前面大叫：「阿呼，進來。」

易偵探事務所前身是當舖，當舖店主把舖子交給居巽圓開非牟利偵探社，幫助有興趣從業的青少年。居巽圓保留了當舖大部分原貌，遮羞板前面是招待室，後面是辦公室。

蘇呼，新來的偵探學徒，立刻在辦公室出現。滿臉粉刺，眼珠滾圓滾圓，金田一迷，來香港才十年，滿口鄉音。事有湊巧，他認識黃樟一家，因此周閏發不想他插手，可是，面對死線，周閏發的原則動搖了。

「阿呼，這是一般偵探學徒訓練，我給你看一段錄影，假設片段中的人在家殺了人，你猜測他會把屍體藏到什麼地方。」

「好。」蘇呼馬上拿出記事本。

「事先約法三章，你什麼都不許過問，也不准和任何人提說，待會也不要大驚小怪。」

「知道。」

但趨近一看，已經大呼小叫：「嘩，這不就是黃爸爸！」

抬頭見周閏發板起臉，立刻摀口。

「我出去喝杯阿華田，你仔細觀察。」

居巽圓鍾情花茶，他則獨愛阿華田。阿華田喝到一半，「易」羣組已傳來蘇呼的留言。

「已經完成觀察，隨時可以報告。」

周閏發既喜且驚，「真的有發現？我豈不白白浪費時間。」立刻返回偵探社，阿呼眼睛盯死在熒幕上，但明顯非常雀躍，滿臉油光，粉刺更耀眼了。

「師傅，你先向我坦白，不是訓練耶！」

「你說不是就不是。如何？」

「請你留意這個地方，我推前給你看。」

畫面上，黃樟從房間走出，經過走廊上浴廁室，然後又走回來。

「怎麼樣？」

留意到了，每次，去到走廊，黃樟都會放慢腳步，眼角不期然向上望！

「我看了千百次都沒有留意到這個微細的動作。」周閏發説，而下半句「而你不用半小時已經看出來了。」卻不好意思在學徒面前説出來。

「我有優勢嘛。」阿呼很醒目，幫師傅解圍：「這間屋，我太熟悉了，就算蒙住眼都不會碰撞跌倒。師傅，你知道走廊上面有什麼？」

「什麼？」

「有一隻吊櫃。」

周閏發登時明白過來。

阿呼進一步解釋：「香港地方窄小，有些家庭會在走廊加建閣樓般的吊櫃，用來放冬天的被蓋。外面髹的油漆，顏色一般與天花板相同。不知道的人不會留意，只道走廊的天花較矮。我知道是因為兩家的吊櫃是同時間找同一個木匠加建的。」

「原來如此！阿呼，你有什麼想法？」

「我認為，長方形隱閉的吊櫃，無疑是最理想的藏屍間。」

「如何搬得動？不會傳出氣味？」

「那就要現場勘察了。師傅，這個任務，非我莫屬！」

「你不會為難？」

「不會，即使海燕真的殺了人，我也相信他是迫不得已。如果他沒有殺人，更要還他一個清白。師傅，請差派我！」

阿呼站直身子，跟周閏發行了一個軍禮。

2

黃樟前腳離開，阿呼後腳賺門而入，連弟弟阿喊都不讓知道。

帶了口罩、手套和電筒。

阿呼把廚房的小桌子移往通道，爬上去，掀起櫃門，用電筒一照。

首先看見一雙腳！

果然。

雖然早已預料，畢竟第一次看見死屍，阿呼還是禁不住的有點驚慌。

沒有惡臭，反之，遺留一陣陣梅醬的香氣。為什麼當天警方沒有循氣味找到藏屍？原因十分簡單，一屋散溢着相同的氣味，無法分辨氣味來源。

阿呼叫自己加油，勉強鎮靜下來。不夠高看到吊櫃的全部，也沒有可能爬進去。平時，都是把衣被包好，舉高推上去。

「沒辦法啦！」阿呼放下手上的電筒，騰空雙手，捉住那雙腳，向前拉，想看清楚。以為很笨重，所以用了力度。誰知不然，像風乾了，比想像中輕盈……

拉出了小腿，小腿在櫃邊吊着。

「好啦！」按着死者的雙膝，踮高腳。

豈知一按，死屍霍地坐起來！黑暗中，眼睛張開，黑眼珠像兩顆玻璃珠直射過來。

「嘩！」阿呼嚇得失卻平衡，整個人跌在桌上，隨即，屍體也掉下來！

整個兒壓在阿呼身上。

「救命呀！」阿呼狂推亂扯，「救命呀，抖唔倒氣，放開我呀！」

第八章　不倫之戀

1

「我已經找到藏屍間，又找到屍體了。你也要兑現承諾，將你所知的和盤托出，不然，我唯一的選擇就是報警。」周閏發道。

「你唬我嗎？如果真的發現屍體，你會這樣氣定神閒？」

章大姐和周閏發大玩心理戰。

「你可以選擇信，也可以選擇不信。已經告訴你了，尋人是我的強項，不但找到藏屍間，揭發藏屍，而且，也知道黃海燕的匿藏所。只要一通電話，明天，我保證，黃海燕將成為各大報章的頭條。」

章大姐大為緊張。

「你真的找到黃海燕？他在哪兒？」

「他在自己住過的舊居，在西環。只要捺着性子跟蹤黃樟，就能知道他兒子的下落。每個星期，黃樟都會老遠的去旺角一家銀行，舉動很不尋常。」

「啊，他們利用銀行做聯絡地點？西環——」章大姐喃喃，開始有點印象，想起來了。她曾聽某人提起，「你去過魯班先師廟嗎？很值得一逛，黃樟住在隔壁。」章大姐怪責自己的糊塗，因為整件事發生在北角，竟然忽略了這個重要線索。如果要躲藏，西環是首選。念及此，章大姐心急送客了。

「你先不要報警，拜託，我稍後再聯絡你。」

章大姐思前想後時，並不知道周閏發已經把她看穿了。

周閏發依舊坐着，沒有離開出版社的意思，反而嬉皮笑臉：

「章大姐要打發我走？想通風報信？你不要害黃海燕吧！十七歲的孩子，很難得找到一間安全屋，你趕他出來，暴露在危險之中？你想他一世做逃犯？章大姐，你是明白事理的人。他現在好端端躲藏，正好給我們機會幫他。派你一顆定心丸，我的確找到屍體，可是，根據那具屍體的狀況，可以肯定説，黃海燕不是殺人犯。」

黃海燕不是殺人犯？真是出人意表！

「你只管相信我，和我合作，一同拯救黃海燕。」周閏發重申。

章大姐冷靜下來，坐在大班椅上，將周閏發的陳述好好琢磨。繼而，歎一口氣，從手袋中拿出一張照片，遞給周閏發。

「咦，這張照片——」

「是年輕時我們兩夫婦出遊時拍攝的，汀九海灘，我們剛來香港定居。」

「哎喲，『叮』『狗』，能吃的？」

十七歲

「別打岔啦，香港從前真的是世外桃源。」

周閏發不再耍嘴皮，仔細來瞧照片。

一眼便認出章大姐，還有陳弱泉。

周閏發真心實意的説：「章大姐，像你這種氣質的中國小姐，真是洛陽紙貴。」

「胡扯！洛陽紙貴是這個意思？」倒沒否認周閏發的恭維。

「另外的三個是什麼人？」

相片中，還有一個紮着馬尾的少女和兩位男士。

「那個穿泳褲的，是我的堂阿哥，章香棉。我們家可算顯赫，我還有另一個堂阿哥是將軍，這些現在都不提了。二戰結束，香哥先來港，搞金融，我們兩夫婦後至，彼此照應，而更多章家的後人選擇去台灣。」

「明白，這個又跟黃樟父子有什麼關係？」

「你看這個女的，」指一指馬尾少女，「一切事端都由她而起，可憐啊！」

「她是誰？」

「她是黃樟的女兒。」

「原來黃樟還有個女兒？」周閏發一愕。

「哼，你不知道的事多着呢！」章大姐算扳回一局，然後說出當年的一個故事：

章香棉在廣州讀書時，結識了同學黃樟和林鳳一，三人家境不同但惺惺相惜，稱兄道弟，在學校有三劍俠的外號。後來二戰爆發，三人各散東西。章香棉和黃樟先後來了香港，而林鳳一則下落不明。黃進了英殖政府辦事，章轉趨低調，由於政治氣氛改變，雖則都寄寓香港，二人有意無意減少了往來，直到林鳳一的出現。

「這是林鳳一？」周閏發指指站在黃樟女兒身後的男人。

「是。」章大姐點頭，然後繼續故事：

十七歲

一天，有人來拍黃樟家的門，黃樟應門一看，原來是闊別已久的林鳳一，他說自己從大陸游泳偷渡來到香港。黃樟喜出望外，熱情招待林鳳一，兩兄弟促膝夜談，每晚都有說不盡的話題。當時黃樟已成家立室，女兒黃茱瑛亭亭玉立——

「黃海燕未出生？」

章大姐喝一口自備的雪菊茶，「你聽我說下去嘛！」

過了一段日子，林鳳一向兄長討教自己生計的問題。黃樟認為，林鳳一長久待在黃樟家不是辦法，他建議林鳳一去找章香棉。

「你去找他吧，我知道他近年跟大陸攀了關係，他可以助你一臂之力的。而我，在政府棲身，不便露面。」

林鳳一本來猶豫，但為謀生計，還是接受了黃樟的建議去找章香棉。故友重逢，章香棉也大喜過望。原來讀書的時候，以林鳳一年紀最輕，卻最有領袖風範。章香棉愛才，不願納為己用，想幫林鳳一創業。他叫林鳳一自己研究一下香港的未來狀況。

不多時，林鳳一回來告訴章香棉，他算準香港將來會成為國際大都會，如果林鳳一可以免息給他貸款，他想試試酒店業。章香棉認為林鳳一很有眼光，馬上同意，找銀行給他低息貸款，親自作保。林鳳一從二三線酒店業做起，三五年間，已冒出頭來，幹得有聲有色。

「了不得，這就是香港五六十年代白手興家、獅子山下一個勵志故事！」周閏發讚歎。

「故事很吸引吧！」章大姐頓一頓，又歎一口氣，「可是，這個林鳳一原來並不老實，他藏了一個非常關鍵的秘密沒向老同學坦白；原來，在廣州念書時，他和我的堂姐暗中往來，這個堂姐，是香哥的親妹。說得難聽，是勾引我堂姐。以我們不同的家境，一定反對的，但這段戀情保密十足。因為沒有了林鳳一的消息，堂姐後來也嫁人了。」

「她叫什麼名字？」

「不可以說。」章大姐搖頭抿嘴，說：「這個林鳳一，來香港只找黃樟而不找香哥，原來要避開已作人婦的堂姐。後來為了生計，在香哥面前出現，然後，順理成章，他們……舊情復熾……他先去招惹舊情人，堂姐原來深愛林鳳一，對他從未忘懷！」

「怪不得你不說名字！到底是初戀，明白的。」

章大姐卻搖頭。

「他是個偽君子。另一個天大的秘密，是他竟然和黃樟的女兒黃茱瑛發展忘年戀。」

「搭上老同學的女兒？」周閏發張大嘴巴。這個故事實在峰迴路轉。

「黃茱瑛當時只是初中生吧，家中來了一位一表人才的叔叔，幾年間在香港闖出了名堂……少女情竇初開，也是很自然的一回事。只要這位見慣世面的叔叔不來招惹她就好，像霧又像花的戀慕很快便會隨成長而淡忘。」

「不幸地，她碰到一位情場老手。」

「唉，我和香哥也有責任，當時經常帶她在身邊，出外遊樂，也不察覺端倪。所以，當事件揭破那一天，真是石破天驚，場面真像《齊瓦哥醫生》。不過，你應該不知道

《齊瓦哥醫生》。」

周閏發聽得入神，心急說：「聯合國醫生都不理啦，你快說下去。」

「1999 年，隆冬，將近千禧年，我們在堂姐家慶祝她的生日，堂姐夫家在香港也有地位，當晚，可說衣香鬢影。酒酣耳熱之際，黃茱瑛突然出現，孤身一人走進來，臉色蒼白，身上一件單薄大衣，緊裹着身體，卻掩不住微隆的腹部。」

「啊！」

「我們都非常詫異，給黃茱瑛的怪異行動弄得不知所措，連最活潑的香哥也一時不知如何反應。黃茱瑛一步一步移近，毫不理會座上賓客，只死盯着林鳳一，來到飯廳，呆站着，一動也不動。我們的目光在黃茱瑛和林鳳一之間遊移。而後者，本來談笑風生的，自從黃茱瑛進來那一刻開始便面如死灰。因為大家都將注意力放到二人身上，當時未有留神，原來堂姐痛苦得快要倒下。」

「唉——」周閏發下了這個註腳。

十七歲

章大姐再喝一口雪菊茶，紓緩愈來愈激動的情緒：

「一室難耐的寂悶，一聲歎息也變得異乎尋常的響亮。然後，黃茱瑛開腔了：『孩子快出生了，你不理嗎？你叫我一個十七歲未出嫁的姑娘怎麼辦？』黃茱瑛逐個字逐個字說出來，聲音輕得好像一個靈魂，可是，每個字，都像一發炮彈射進各人耳朵。沒有指名道姓，卻無人不知道指的是誰。香哥他又驚又怒，指着林鳳一咆哮：『拉你去槍斃，如果你夠膽做！說，說你沒有做過。阿瑛是我們結拜兄弟的女兒，不是真的。』林鳳一呆若木雞，沒有回答。當眾人以為他默認了，他卻轉過頭，用憐憫的眼神望一眼黃茱瑛，繼而對着香哥，輕輕的、卻非常堅定地搖頭。這個小小的動作，讓在場的人都舒一口氣。」

「各人不是相信，而是林鳳一否認，大家便心安理得，覺得找到下台階。」周閏發補充。

「你說中我們的心情了。現在回想起來，十分慚愧。」章大姐承認。

「林鳳一何必否認？兩人都未婚。難看是難看的，乾脆成婚不是天下太平？」

「但黃茱瑛的行為使事情沒有轉彎的餘地，上流社會吧！其實，認與不認，結果都是一樣……」

「結果，結果怎樣？」周閏發追問。

「我還未說完呢，更震撼的場面接踵而至。」章大姐迴避，續道：「還是說回當晚吧。正當大家鬆一口氣之際，黃茱瑛仰天苦笑，然後，天崩地裂地發狂大叫，哭倒在地，大衣敞開，隆腹朝天，不顧一切……沒有人上前安慰，沒有人去扶她起來。我環顧四周，找身為主人的堂姐，希望她快點出來主持大局。不想一找，才發現她閉上眼睛坐在一個角落，身子歪斜，面容難堪，像快要倒下的樣子。如何是好？我真的慌亂了，有一個念頭跟我說：『我應該扶起阿瑛，和弱泉送她回家。』當我要順着念頭行動之際，又一個人走進來，一個陌生的漢子。」

「黃樟？」

章大姐點頭。

「我們從未謀面，只聽見老泉衝口而出『阿樟！』我才知道。他這麼一喊，我心感萬幸，以為來了救星。不是，不是救星，他一面冷霜有如死神判官，睥睨着。他對香哥的叫喚完全沒有反應，直挺挺的走到女兒身旁，溫柔的把女兒抱入懷中。不久，像澎湃洶湧的浪濤退下，黃茱瑛安靜下來，在黃樟的胸懷內抽泣。香哥趁此時機上前說：『阿樟，你來得正好……』但黃樟隨即擺手，阻止香哥說下去，扶起女兒，幫她整理好衣服。他目光冷峻的環顧一周，故意略過林鳳一，然後跟香哥正色說：『十分失禮，希望在座各位忘記今晚，什麼事情也沒發生。香棉，看在手足之情，請你們以後都不要提說我的女兒，連她的名字也不要在你們當中提說。』然後，溫柔而堅定的跟女兒說：『阿瑛，我們回家，有爸爸在，你不要在世叔伯面前撒野。』」

「……戲劇就在這高潮中落幕？」

「是。」

「後來呢？」

「後來的，我不能說。」

「其實——我也不想知道。」周閏發的苦瓜臉更苦了。

「可以説的都説了。」

「這是你着緊黃海燕的原因。」二人低迴歎息一番之後，周閏發回到現實。

「不難估計吧？海燕就是那個孩子。」

「經你這麼一説，我的疑團解開了一半。不過，案件就更加複雜了。」

「我不明白。」

「你應該不明白。」

章大姐白周閏發一眼。

「章大姐，不要誤會，我怎敢取笑了。You always agree with your boss. 言歸正傳啦！我想澄清一件事。」

「什麼事?」

「那個薄倖郎的下落,他還在香港嗎?」

「不知道,沒有人知道,再沒人看見過他,彷彿人間蒸發了,而他經營的酒店都已易手。」

「你肯定?連你兩個哥哥、姊姊都不知道?」

「我不敢肯定,不過……不要追問了。反而,你的疑團是什麼?案件又為何複雜?」

周閏發沉吟一會,說:「一時間,真的很難跟你說清楚。我也給弄糊塗了。不過,只要知道案發當晚的所有詳情,到底黃海燕為什麼殺人?又殺了誰?我想,所有疑團都會解開,再複雜的案件都能破。」

章大姐沒好氣,「誰不知道!你有辦法?」

「那就要貓之助了。」

長亭外，古道邊，芳草碧連天。
晚風拂柳笛聲殘，夕陽山外山。
天之涯，地之角，知交半零落。
一觚濁酒盡餘歡，今宵別夢寒。

——〈送別〉

2

「任務太危險吧，我認為毛毛不能勝任。」小芳代家貓毛毛推辭。

當周閏發向小芳道明來意，想借毛毛一用協助查案時，小芳非常興奮，二話不說便滿口答應。唯知道任務只需要毛毛，不用她本人參與時，興頭便澆冷了半截。

小芳是陳弱泉的孫女，但不是章大姐的親孫女。小芳念高小時，周閏發、章大姐和她，因緣際會，共赴雲南，並捲入一件命案當中。（編按：參閱《貓之疑惑》）並肩作戰，難得的經歷。現在的小芳，已是一名中學生了。

周閏發想到的方法，是讓毛毛帶着攝錄器深入黃海燕匿藏所。

一個失魂落魄的靈魂，絕大機會會向守得住秘密的貓傾心吐意！

可是，章大姐怕貓，更跟毛毛有不能化解的積怨，所以，由周閏發出馬借貓一用。而不下一次，毛毛在易偵查的案件中大顯身手。

「一點兒也不危險，我保證，攝錄器會嚴密收藏，絕對不會給發現。而且，我在附近監視，一有差池，第一時間撲出去營救毛毛。」

「貓怕陌生地方啦！毛毛不外乎一隻普通的貓。」小芳特別強調普通，「平日，除了士多、易偵探社兩地走來走去。你知道我沒有騙你。如果有我陪伴，又當別論。」

「任務要在深宵進行，你父母不會答應，我也不好開口。」

小芳無可奈何，呶呶嘴說：「我只是貓奴，作不得主，你自己問毛毛，你請得動貓小姐，算你有本事……」

喵——

不待小芳說完，毛毛已無聲無息地走到到周閏發胯下，一邊擦着他的褲腳，一邊萬種風情的喵了兩聲。

周閏發的苦瓜臉笑得都爆開了，攤手聳肩：「你看見啦！」

小芳為之氣結。

第九章　貓之助

海燕這天去開保險箱，除了一份地區報以外，保險箱內，還多了一本厚大的十六開冊子。

銀行年報。

好生奇怪，老爸為什麼給我銀行的年報？不像收到照片急於翻看，海燕隨便的將年報塞入背囊。

翻閱地區報，閱畢，吁一口氣。找不到任何關於自己的報道，終於成了明日黃花，不再有新聞價值。

十七歲

又一次證明人的善忘；一時新鮮，很快，便拋諸腦後。

令海燕更驚訝的，原來自己更善忘。隨着時日，當時天塌下來的事，慢慢沖淡了，不知不覺給推到很遙遠的地方。甚而試過，整天也沒有想起那件事，想不起給殺了的人。

意味着可以回家？當然不可以。除非自己決定自首，不然，繼續逃亡是他的唯一選擇。

一個人，在地球上無聲無息地消失，原來是如此微不足道！死者如此，逃亡者也如此！

回到匿藏所，卸下背囊，海燕逐一點起放在地上的蠟燭。

小玻璃杯內，燭火搖曳，半明半暗，海燕背着門坐下。

突然，兩道綠光在對面射過來！什麼東西？定睛細看，北面，有一團東西在那兒！

海燕霍地跳起，冒出一身冷汗！

那團東西一動也不動，繼而，一條栗色的尾巴在後面優雅地掃了一下。

「喵——」

哦——原來是一隻貓！

海燕定神，轉驚為喜，重新坐下。

「來了貴客，可是，你好像是不請自來的吧？」

「喵——」

有問有答呢！很神奇。一直悶悶不樂的海燕給逗樂了。

「我很孤單，只能一人分飾二人，自個兒跟自己説話。你來得合時，我有説話的對象了。你跟我談天好不好？」

「喵——」

十七歲

「嘩！你知道我說什麼？」海燕想來測試貓，便說：「你走吧，人家說，自來貓會帶來不幸，你還是走吧。」

嘿，今趟，竟然不回應！還別過臉。

「知道了，上天特意派你來開解我。好啦，我就向你盡訴心中情。不過，先得交換一下位置，北面，不是你坐的。」

海燕走過去，意圖抱起貓。

貓卻像知道來者不善。

閉起眼睛，貓爪勾着地蓆，抵死不移動！

「嘿，嘿，真過分！」

這樣有趣的一隻貓，海燕嘴強硬，心底卻喜歡，唯恐真的惹牠不高興，一走了之。

投降了，仍舊坐背向門口的位置。

「你只管坐北面，我這個位置才涼快呢。」

「怎麼開始呢……反正，長夜漫漫，由天橋説起吧……」

海燕開始原原本本的跟貓傾吐。

那貓真的非常有靈性，海燕侃侃而談時，牠一時點頭，一時擺尾，專心聆聽。

「就是這樣，一個叫石的人，非親非故，無仇無怨，葬身梅醬，然後我天涯亡命。他不知如何了？你説，我又會如何？」

……説着説着，前面的貓又成了一團物體，不見形狀；説着説着，海燕開始言語不清……，面頰觸碰到地蓆，嗅到草青味，草青味傳遞夜的涼快……

煙熏味，悠悠轉醒。

所有蠟燭都熄滅，已經迎進了白露的晨光。海燕依舊躺着，看一看腕錶。少有的酣睡，已經接近七時。

多少天，沒有在七時後醒來？看來，傾吐真有療癒的功效。

今天不能出外了，怕驚動鄰舍。

想起貓，海燕彈起！

有貓？沒有貓？

海燕光着腳衝出去，想確定是否真的有夜訪的貓。貓毛也不見一條。

「哎喲！」左腳踢到地上的背囊，雪雪呼痛。

踢到什麼硬物？打開背囊，厚甸甸的一本書。海燕這才想起，是爸爸放在保險箱中的銀行年報。

如果，爸爸放下的照片是某一類的線索，讓自己追尋身世，那麼，年報是不是同類的某種線索？

把年報拿出來，十分有分量！

從來沒接觸過這種悶蛋的刊物，而且厚厚的一冊，要注意什麼？

數字？歷史？業績？

抑或是？

海燕翻着翻着，忽然，靈機一動。如果是線索，一定跟之前的線索相連貫；第一個線索是照片，那麼，第二個線索同樣也是照片。

海燕無暇讚賞自己，速速專注在年報中尋找照片。

照片的篇幅可真不少——新銀行動土禮、股東大會、周年晚會、職工聯歡⋯⋯

海燕想不出有意義或任何暗示，儘管，每幀照片他都仔細打量、揣摩。

飢腸轆轆，而整本年報都已翻完了，年報在左頁完結，對頁是空白頁。

先醫肚皮吧！背囊有麪包。

十七歲

海燕把年報扔下。

站起身時，下意識回眸，看見年報墮地的一瞬。

咦！最後一頁不是右頁的空白頁，是後面單頁右頁，而且，好像有什麼印在上面。

飛快拾起來看！

原來是一幅銀行董事架構圖，上面有董事的簡介並附有照片。

海燕精神為之一振。

董事約略有十多位，大多是男士，姓章的竟佔人數一半之多。

「原來是家族銀行呢！」

海燕逐一注視董事，絮絮叨叨念出名字。然後，目光被吸引住，停留在一幀照片上。

章香棉太平紳士、銀行董事長、董事會主席！

這個人、這張臉，似曾相識。猛然醒起，爸爸給他的照片，三男二女！那張照片，一看再看上百次，五個人的樣貌，老早複印在腦海裏。穿泳褲的男人！

縱使額頭滿佈皺紋，皮膚鬆弛，也掩蓋不住天性的豪邁，又略帶鄉巴的粗野。穿泳褲的和銀行大班，豈不是同一個人！

已經十分肯定了，為了慎重起見，海燕又拿出照片來對比。

果然，就是他！

媽媽如何認識他？這位章香棉是不是媽媽口中的「他」？果然是媽媽口中的「他」，又會不會是我爸爸？

海燕給自己的想法嚇了一跳，眼睛在照片和年報之間往復，驚疑不定。

十七歲

莫道兒是被棄的羔羊，
莫道兒已哭斷了肝腸；
人世間慘痛，豈僅是失了爹娘。
奮起啊，孤兒！
儆醒吧，迷途的羔羊！

——〈天倫歌〉

第十章　屍體移動中

1

「因為有毛毛的幫助，我們已掌握了命案的底蘊：誰是兇手，死者是誰，為何遭逢毒手，又如何遇害。」周閏發向章大姐報告。

「你一次過簡單説出過程吧，不用分析，不要賣關子，我實在受不了。」章大姐叫周閏發上出版社，如果要暈倒，最好也在自己的地方。

「好，章大姐，完全明白。黃樟有個叫石景輝的水務署舊同事，為了賭債而勒索，丟了金飯碗，更坐牢了，而這筆帳，竟算到視他如子弟的黃樟身上。最近，他展開復仇大計，首先向黃海燕放哨，繼而以『水務你知』的名義送上一埕梅醬給黃樟，最後摸上門要取黃樟的命。無他，是沒有創作力的人，抄襲『死神來了』系列。而在緊要關頭，黃海燕及時救回黃樟，情急之下，用那埕梅醬砸了對方，石景輝——玩完了。」

章大姐坐在大班椅上，一面聽一面搖頭歎息，良久，道：

「還好，黃海燕不是手刃親生父親！」

「原來你一直擔心黃海燕在不知情下殺了親父。」

「又或者黃樟用某種方法要脅林鳳一現身，然後讓兒子手刃仇人。」

「章大姐，你的偵探頭腦也太豐富吧，不如寫偵探小說，反正你有出版社。」周閏發揶揄。「可是，你不是說沒有林鳳一的下落？」

「我們沒有林鳳一的下落，不等於林鳳一沒有我們的下落。你怎麼知道這多年來，他不是在暗處留意我們的一舉一動？」

「咦！」周閏發眼前一亮，不得不佩服章大姐。

「我倒忽略了不存在的重要人物呢！」周閏發心裏盤算之際，但聽得章大姐說：

「案情水落石出，屍體又給發現了。我想，還是報案吧。不過，報案之前，請你給我一天時間，我想去找黃樟。既然東窗事發，黃海燕如果自首，對量刑很有幫助。我會向黃樟保證，請最好的律師為他辯護。」

「章大姐，你要報警，你要找黃樟，都是你的決定，我不會阻止。不過，容許我跟你分析一下案情才作決定，好嗎？」

「還要分析案情？你給我一個理由，如果我接納，你就分析吧；不然，交由警方處理。我很累，還要集中精神幫海燕打官司。」

「理由是：我們找到的屍體，原來是一個假人，一個仿真度極高、用硬塑膠模特兒改良而成的假人。」

「什麼？——」章大姐傻了眼。

周閏發向章大姐不斷微笑點頭，「你沒有聽錯，千真萬確，一個假人。假人從收藏的地方跌出來，壓住我的同事。他大叫，窒息，其實是自己嚇自己，虛驚一場，把死屍一推，便滾到一邊。」

「即是說，黃海燕當晚殺了一個假人？他不知道是假人？」

「假人外套之下，有一捆線，線的盡頭繫着肉色的塑膠棒，你猜似什麼東西？」

章大姐低頭思量，繼而瞪大眼：

「布偶劇的扯線公仔？」

周閏發點頭。「章大姐，我誠意邀請你加入易的偵探行列。」

「誰來扯動假人？」章大姐不理會周閏發，自顧自聯想下去，「唯一能扯動假人的，就只有給假人襲擊的黃樟。」

「不錯。我的同事發現假人時，我馬上將調查重點轉到黃樟身上。這個倒是事半功倍，因為我的同事兩兄弟就是黃樟的鄰居。」

「竟然這樣巧合。」

「查案多時，我永遠相信天網恢恢。」周閏發愈說愈興奮，「兩兄弟為了黃海燕全力配合，很快，便露出端倪了。事發前，原來黃樟每個晚上都外出一兩個小時，黃海燕生日前，他說回鄉，但我們查過記錄，他根本沒有回鄉，而是去了離島，跟一位退休皮影戲大師學皮影戲。」

「每個晚上都外出一兩個小時——難道去預備假人？」章大姐問。

「這個只能聯想吧，但亦十分合理。為確保萬無一失，相信黃樟要花費大量時間反復練習。」

「他非常了解兒子，一心救父，情急之下，哪會想到是假人！真是費盡苦心的安排。」

「所有細節都想好了，連殺人兇器——一埕梅醬，都給黃海燕事先預備。」

「這——到底為什麼？從未有人要害苦自己的兒子做兇手！」

「你的話只說對了一半。的確，整齣戲就是要害黃海燕；不過，黃海燕既不是他的兒子，亦沒有殺人。」

「到底黃樟在搞什麼鬼？」

「那還不容易理解？這起假人謀殺案，純粹是一記虛招，但亦是必需的虛招。目的是要推黃海燕出去，用他做餌，引薄情郎出來，報家破人亡之仇。我的疑團解開了，就是那段孽緣和謀殺案是同一件事。」

「唉，怪不得你說複雜。」

「章大姐，你竟然留心我說的話。」周閏發沾沾自喜。

「年輕人，不要以為你說的話不受重視，歷來都是晚輩不聽前輩。還有，我視你如朋友而不只是受聘人。」

「章大姐，我很感動！不過聘金還是不會給你打折。」

「那你要貨真價實了，章大姐最受不了差不多先生。」頓一頓：「果真如是，刻下該如何是好？——」

「章大姐，到了這個地步，你要坦誠相告了。黃茱瑛沒有了消息，石沉大海，會不會給人謀害了？如果給謀害了，又是誰幹的好事？」

「我隱瞞的事，少之又少，除了堂姐。她後來自殺了，幸好及時救回，而我的堂姐夫也真愛她，既往不咎，不久舉家移民美國。因為堂姐自殺，上下都慌亂了，沒有注意黃茱瑛和林鳳一。當我們再把注意力放到他們二人時，這兩人已經徹底從我們眼前消失。」

「不可能一點兒蜘絲馬跡也沒有吧？」

「當時，的確有一些傳聞，不過我們選擇不相信。」

「什麼傳聞？」

「有不同的版本。有說二人私奔，有說女方給幹掉了，而最殘忍的版本是同歸於盡。」

十七歲

「私奔的版本最不可信，同歸於盡則黃樟不用報仇，所以，女方給謀害的說法可以成立。」

「這件才是真正的殺人事件！」章大姐氣若游絲，眼泛淚光。「可是，已經埋藏了多年的秘密，何苦要挖掘出來！」

「嘩，章大姐，你倒說得輕鬆，莫非，你堂哥或堂姐是謀殺的主謀？」

「別胡說八道！」

「我當然希望不是！唉，黃海燕的媽媽真可憐，十七歲，花樣年華，就從父母眼前消失了。」

「……」章大姐挨在椅背上，無法言語。兩個人，一個想着黃茱瑛，一個想着黃海燕。

同樣都覺得，將仇恨背負了十七年，是多麼深重的負擔！

良久，章大姐突然坐直身子説：「阿發，我委託『易』去找黃茱瑛和林鳳一，解鈴還須繫鈴人。生要見人，回來向爸爸認錯；死要見墓，也就叫黃樟放下了。海燕不能真的是海燕，在無盡頭的大海上飄流。可憐的孩子，上一代這麼重的孽債，為什麼要他來背負！」

「當仁不讓，不過……」

「又不過什麼？」

「先得找到石景輝。我查過了，石景輝和黃樟的過節，真有其事。」

「所以？」

「所以，黃樟幹掉了石景輝你不會感到意外，石景輝在劇本中派定的角色是一條死屍。原來『水務先知』就是黃樟，他以『水務先知』的名義給自己送上梅醬。」

「天啊，我受不了，我真的受不了。」

「我們唯一的希望，是石景輝這條屍不是給埋葬了，而是在移動中。」

2

史東在九龍東一個公屋屋苑投了一個鋪子，經營水電工程。一天，在快要上鋪時，接到當區社工張姑娘來電。

「東記，南泰樓 1401 的電燈壞了，看來很複雜，拜託你了。」張姑娘幫獨居老人找水電維修，跟史東已經稔熟。

「明天不可以嗎？我知道婆婆眼又矇耳又聾，電燈開不開沒什麼關係吧？」史東打趣。

「你認為沒關係不去也可以。」張姑娘笑着掛上電話，她知道史東一定不會拖到明天。

史東掛線，提起工具箱，關上閘，便向南泰樓走去。

與此同時，在「易」勾線的蘇呼給在公屋附近的周閏發傳出訊息：「南泰樓 1401，電燈壞了，一個眼又矇耳又聾的婆婆，你要搶先一步。」

「收到。」周閏發立刻奔向南泰樓。

要找出石景輝的下落可真不容易，原來改名易姓了，叫史東。

「嘿，史東，stone，這塊石頭隱姓埋名也不花心思。」

至少，讓人感到欣慰的是，屍體移動中！

他知不知道自己成了屍體？抑或是，他參與其中？想着想着，周閏發加快了腳步。

3

木門向內打開，史東透過鐵閘門，看見阿婆坐在電視機前面，他提高聲音喊：「阿婆，開門呀，東記來修理電燈呀！」冀圖穿過屋內震耳欲聾的電視機聲浪喚來阿婆的注意。

沒有反應，喊得聲嘶力竭時，一個人影從左邊的廚房跳出來。

「轟」的一聲，鐵閘打門。

一個長臉孔的青年，苦着臉上下打量史東。

「東記？以為你真的不來，張姑娘叫我上來看看。」

「你又是誰？」史東拿着工具箱尾隨而入，順手帶上閘門，狐疑。

「沒有水電牌照，但英明神武的——水電學徒。」

「那麼你待在阿婆身邊，不要跟進來偷師。」

也不來深究，直入廚房了。全程，阿婆完全沒有理會二人，只管打瞌睡地看電視。

「原來給老鼠咬了，幸好全是明線。」

找出死因了，史東打開工具箱，修理電線，二十分鐘，一切已搞定了，電燈泡又再照亮。

「阿婆，要捉老鼠，要做衞生，不然，會再壞的。」

阿婆卻不為所動。小几上，放了二十元。「唉！」明碼實價標明上門費三十元，維修及材料另計。史東沒有辦法，把二十元放進褲袋。抬頭，看見青年雙手抱胸，挨在牆上，再看看電視迷婆婆，有點不放心。

「搞定了，我走啦，你不走？」

「你不走我不走，你走我也走。不過，你且試試，能不能走動。」依然挨在牆上。

「荒謬！」史東心裏罵，現在的年輕人說話真是「九唔搭八」。

十七歲

走去拉鐵閘門，鎖了，打不開。

「喂，開門，你有鑰匙。」記得剛才也是這個人來應門的。

「都說啦！你不走，那我也不走。」

「別玩啦，你要敲詐？要開門錢？我可要報警啦！」史東好沒氣。

「報警？我巧驚呀！好了，認真的。這個門，有魔術的，只要你說一句暗號，它就會自動打開。」

「什麼暗號？我是笨蛋傻瓜之類吧！」史東忍着氣。

「暗號是——石景輝不是死屍！」周閏發好整以暇。

史東先是一愕，繼而，張大嘴巴望着周閏發，一臉恐慌。

第十一章　強者再現

1

當周閏發帶着史東（石景輝）的自白書回到易偵探事務所時，非常驚訝，社長居巽圓竟然回來了。

剪了最潮的LOB，藍色針織長大衣、紅豆色名貴便鞋。

「巽圓姐——呃——乞嗤——」

「你向我的香水致敬？你確有一種屬於偵探的敏銳嗅覺。」

「跟你慣用的不同，是什麼香水？」

「居巽圓香水，我親自調製的，香水廠讓我在過百種香薰中選擇，全球獨一無二。」

「——巽圓姐——你——走在時代的尖端。」周閏發只能撿老闆愛聽的話來說。

「化悲憤為花錢，經過多次的實證，百試不爽。阿發，你可要記住我的話，必有用得着的時候。」

「我記住了，也請你記得年終多發花紅，不然，我沒有本事効法你。」

居巽圓一笑。「阿發，這段日子，辛苦你了，你的表現相當有水準。」

「辛苦倒不辛苦，只是將從你身上學到的盡情發揮。說真的，你回來，我的心就踏實了。」

「這個當然，強者回歸，才能壓場。」

「——」

「你不認同，哈——哈——哈——」居巽圓誇張的乾笑三聲，「我來問你，知不知道我為什麼這個時候突然回來？」

「你——心情靚囉！」不敢重提情傷。

「所以說，我是老闆你不是，你連心底話也沒勇氣說出來。」看來，居巽圓真的走出了情傷的陰霾，竟然用自己來揶揄周閏發。

苦瓜乾也只能苦笑了。

「好啦，不兜圈子啦。」居巽圓正色道：「你承接的案件已經接近尾聲，再查下去，就是走入死胡同，所以，是我出手的時候了。」

「何以見得？」周閏發花了不少心思在章大姐的委託任務上，雖然知道無論如何都不能和神級的老闆相提並論，但始終不服氣。

「你不相信？好，我來問你。你剛才哪兒去？有什麼收穫？」

「收穫可大了！」周閏發隨即拿出自白書，揚一揚：「這個是死屍的自白書。巽圓姐，花點時間給你解釋好不好。」

「當然好，給你表演。」

「這個石景輝，原是黃樟在水務署的舊同僚，二人的過節，正如黃樟向黃海燕陳述的一樣，句句屬實。不過，他卻向黃海燕隱瞞了石景輝坐牢之後的那部分。巽圓姐，你跟得上嗎？」

「唔，說下去。」

「最初，石景輝懷恨在心，黃樟想去探監他也拒絕。然而，黃樟沒有放棄，不斷的申請，又定期將日用品寄給石景輝。原來石景輝連親人都放棄他了，有一個人對他比親人還好，所以最後將頑石劈開，石景輝允許他探監。而後來成了莫逆，卻是因為石景輝在獄中的一場大病。這個病，連石景輝都沒留意，只知自己體力下降，食慾不振，以為是感冒後遺症。黃樟一次探監，發覺石景輝面部浮腫，覺得事態嚴重，堅持要他申請去醫院做詳細檢查。這麼一查，才知道是淋巴腺有腫瘤，幸好及時醫治了。」

「救命恩人，以後，自然是言聽計從。」

「對。出來以後，黃樟打本給石景輝做小生意。」

「並且着他改名換姓。」

周閏發一呆，「你連這個也查過了？」

「哪用查？想當然吧！你繼續。」

「既然你料事如神，我也不用太詳細吧。」周閏發不是味兒：「總而言之，當黃樟叫他去天橋故弄玄虛時，他二話不說便照辦。」

「總要說出一個理由吧！」

「理由是兒子開始反叛了，不聽教，要讓他知道害怕。十分牽強，不過石景輝選擇相信，不去過問別人的家事，是他做人的宗旨。所以，當我用計把他拘留，說他是一條死屍時，他非常震驚，他不知道事態原來如此嚴重。」

「所以，真相大白了，他給你自白書，向黃海燕解釋一切，他不會跟黃樟對質，以後也會和黃樟疏遠。這個人，只想與世無爭的度過餘生，是吧？」

「完全正確，絲毫不差。所以，什麼假人，什麼梅醬，他都毫不知情。他修理水電，自己卻不看電視，也不看報章。」

「這自白書——你打算怎樣，寄給黃海燕？給警局？抑或給黃樟？」居巽圓別有心思地微笑。

一言驚醒局中人。

給黃樟，讓他知道已經事敗，是叫他收手，不要再苦害海燕？他的目的還未達到啊！

給警方，叫警方拘捕黃樟？他犯了哪一條法例？

給黃海燕，他知道真相更痛苦，身世之謎未解。回家嗎？如何面對把他推下坑的老父？

周閏發啞口無言，開始明白「再查下去，就是走入死胡同」的意思。

「所以，水落石出之時，我們又被牽進一條更陰暗的隧道裏。」

「巽圓姐，這可怎麼辦？」

「你說呢？不要我一回來你就不再英明神武。」

「啊，當然是儘快走出那條隧道，奔向隧道口，直至看見光明。巽圓姐，我真是個大傻瓜。這自白書，不如撕毀它。」

「還是要給黃海燕的，不過未到時候。」

「巽圓姐，如果我撕毀它，我真的是傻瓜了。強者再現，我把主帥令牌交回你！」

2

首次見居巽圓，章大姐已經為之折服。年紀輕輕，甚有大將之風。雖不至於有傾國之貌，也活脫一個甜姐兒。唯一難理解的是，何故經常情傷，至今還未找到真愛？

「可想而知，世上不能解釋的事又何止千萬。」章大姐正自思索的時候，但聽得甜姐兒喚她呢。

「章大姐，章大姐，你清楚我的建議嗎？」

「清楚，也非常合理。」

居巽圓提出，兩件事分開處理：黃海燕殺人事件已經水落石出，如果章大姐滿意易的調查，請她按合約付款，尋找黃茱瑛和林鳳一則另定合約。當日周閏發太草率，居巽圓需要站在偵辦社的立場來說明一趟。

「章大姐，你可以不委託的，請你考慮清楚。由於是早年的事，難度極高，委託費用相應會提升。」

章大姐猶疑之際，居巽圓再說：「不過，我建議你還是出高酬聘請『易』。即使你不委託，我自己也會主動查下去，因為，其中的犯罪成分非常高，我是香港警方的合作單位，即賞金獵人。」

即是說，會有警方介入！

「我接受你的建議。」章大姐馬上回答，「但我有條件……」

「條件是不要驚動章家的人，是吧？你放心，我保證。調查過程一定不會驚動你的家人。如果必得知會警方，也會讓你預先知道，作決定。」

「居社長，你真是天才偵探。」章大姐不由得心服口服。

「還有一樣令你更放心的，我會親自出馬擔下這個委託。」

「真的！」「真的！」章大姐和周閏發異口同聲說。

前者很高興，後者非常詫異。

「社長，那我……」周閏發吞吞吐吐，又用眼神向章大姐求救。

章大姐會意，幫周閏發說項：「居社長，周先生手快腳快！」

「章大姐，我何止手快腳快！」周閏發大聲呼冤。

「你真的手快腳快，快如閃電！」

居巽圓忍俊不禁。

十七歲

「當然要他幫忙，還要派他一個重要任務。」

「什麼任務？」

「你安靜聽命啦！」章大姐笑着插嘴。

「為了查探二人的下落，我要離開香港一段時間。至於黃海燕，他沒有殺人的事暫且還要隱瞞他，你的任務，就是幫他完成父親黃樟的心願。」

見周閏發有點費解，章大姐幫他尋求澄清。

「居社長，周閏發如何能助黃海燕一臂之力？」

「就是和我配合啦，我會將查探的資料傳遞給阿發，他就用自己的方法向黃海燕提供線索。十七歲的孩子，又不是神探，如何能揭開上一輩的秘密？黃樟一心想報仇，想知道女兒是生是死，一意孤行。現在他一定非常後悔吧！」

「收到。」周閏發明白了，眼前一亮。

「唉，海燕這個可憐的孩子，現在不知怎樣了。」

第十二章　銀行大班的一天

1

章香棉吃早餐。早餐不由他管，是睡到太陽曬到屁股才起牀的太太管轄的勢力範圍。然而，太太從來不在早餐桌旁出現。

章香棉總是忍氣吞聲的遷就，昂藏七呎的大男人，在外邊縱橫四海，懼內是人生中的美中不足。為什麼？世界事，如果都有道理，就天下太平了。

你看過大狗給比牠小十倍的小貓兒咬住打鞦韆，就會放棄要答案。

傭人走進來。

十七歲

「老爺，信件。」

一疊長短大小不一的信套，一份《華爾街日報》。管家已過濾了，這些都是屬於章香棉的私人信件。

先看《華爾街日報》，專留意英國脱歐後英鎊的走勢，美國總統大選和耶倫的加息口風。

然後，用手掌掃一掃其他信件——

一個白色文件袋走入視線——蓋着confidential。地址和收信人，也是用二十六個英文字母蓋印印上去。不是手寫，也不是電腦打印，這個年代很罕見。

「今天早餐倒有點樂趣。」銀行大班叫傭人剪開封套。

瞥見裏面一塊硬卡紙。見過世面的章香棉一看便知道，卡紙要保護內裏的文件。從信封把卡紙抽出來，打開。果然，夾住一張A5紙張，上面沒有文字，只是一張照片的影印本，一個穿着泳褲的男士充滿了整個畫面。

章香棉把影印本放近到眼前。這不是照片的全部，是截圖，其餘部分，在影印前都給遮蓋住。

男士的髮型、泳褲的款式，封鎖住一個經濟尚未起飛的年代——許多年前的舊照片吧！日子久遠，加上是影印本，影像不太清晰。

「嗯，這個男人？是我？」

章香棉再仔細看，果然是自己呢！久違了的自己，沒有大腹，頭頂的黑髮濃密！誰要跟我來想當年？

截圖沒有看見多少背景，因為穿着泳褲，當然是在海灘上拍的。除了去馬爾代夫浮潛以外，章香棉真想不出，對上一次去海灘是什麼時候了。照片中還有誰？為什麼都給遮去了？為什麼要 confidential 的煞費苦心？

敲着餐桌，章香棉追憶着歲月。「站在我旁邊有一個人，而我的手搭住他的肩膊，我們二人是親密好友吧！」

十七歲

「當年的親密好友——」

「啊——」登時僵住了！

是他！原來！這是香港，不錯，汀九海灘。當年，熱情好客的他因為先來香港，經常充當司機兼嚮導，載着大夥兒出遊。那個時候，一起出遊的配搭是三劍俠中的兩俠，還有九妹兩夫婦，而為大夥兒增添青春氣息的，是一位年輕貌美的世姪女，黃樟的女兒。

什麼名字？事隔多年，章香棉完全想不起來。

黃樟愛靜，避開任何聚會，倒是他的女兒，默默地跟着世叔伯們走遍香港大小海灘！

沒有想到，年輕的女孩會引出軒然大波，三劍俠從此決裂！

章香棉黑着臉。要把事情全歸咎於我嗎？十多年之後來翻舊帳！

再來瞧文件封，香港郵寄！到底是誰在搗蛋？

銀行大班的一天

與黃樟已不相聞問多年，是他？

抑或是那個最可惡的王八蛋林鳳一？

「哼，無論是誰，都不應舊事重提，更沒有資格向我作出挑釁！」

銀行大班七孔生煙，有頭有面的人，最怕給人翻出肚皮。「誰要犯上大忌，我都不會給你好看。」他掛電話給九妹——章綽棉！「我要給你看樣東西，在同鄉會館午膳。」他向着電話筒咆哮！

車子駛出大宅，轉入羅便臣道，便遇上交通意外。有人駕電單車切線，電單車手倒在路上，沒有大礙，只是，被切線的車子，駕駛者很謹慎地檢查評估一切。半山的路都非常狹窄，章香棉長形的香檳色積架給堵住了，完全沒法移動。司機心驚膽戰，估算老闆的脾氣，下一秒就要大罵了；然而，今天老闆出奇地沉默，但是臉上伏着一塊厚黑雲浮游不散，比謾罵更叫人不安。

「我下車看看狀況！」司機提議，但老闆沒有表示，他進退兩難。正不知如何是好，有人敲駕駛座窗玻璃。

是切線青年。

司機立刻按下窗玻璃，「怎麼搞的，這下山的路，誰也不會任性切線……」切線的青年只一味笑，嘴角明顯往左上翹。「對不起，我也不狡辯了，就是任性啦，明顯是我不對。雖然，滑倒在地上的是我。」又衝後座的章香棉一笑，敬禮。章香棉瞅青年一眼，傲慢的不予理會。

「我不管你滑鐵盧，如何了？」

「一時三刻不能移動，得想想辦法。」

司機問青年：「你有什麼提議？」

「閣下的車子最長，又剛巧卡在讓路停泊處前面，只要你們先移動，整條車龍便鬆開。我已跟前車說好了，儘量向山坡移，我在路面指揮。」

說得非常清楚，這個，不啻是一個辦法，也是唯一的辦法。

「先生……」司機轉身聽候老闆的意見。

章香棉閉着眼，揮揮手，是默許。

車子開始移動了。司機給青年「OK」手勢，正想按上玻璃窗之際，青年跑過來，笑吟吟道：「謝謝你們。」然後，提高嗓門跟後座的章香棉說：「還趕得及去游早泳才上班呢！」

坐在積架後座上的大班毫無反應。

完全不如預期！

青年好生失望！

當車子繼續下山時，青年怔怔的目送他的車子離去，章香棉正自苦惱，完全沒有注意。

2

章大姐見香哥叫了滿桌鮑魚、鳳肝等油膩的食物，不禁皺眉。

「香哥，不吃清淡的？」也不敢告訴堂哥已甚少碰紅白二肉，他們成長的家庭，輩分分得一清二楚，即使年紀大了，也沒人會想過破格或是僭越。何況，章香棉時常抱怨身邊的女士都瘦得乾巴巴。

「每天都清淡，你三嫂管制我像監犯，我只有午膳能吃得稱心滿意。你怎麼不吃？」

「——」

「章大姐，正給你弄一碗新菜式黑松露雲吞。」廚師何棠立時過來給章大姐解圍。章大姐滿心多謝，二人說着話的時候，章香棉掏出早上收到的影印本，遞給章大姐，用手勢叫何棠走開。

「你有沒有這張照片？有沒有？」

「嗯，這……？」一瞧已認出照片，心裏正盤算如何回答，心急的章香棉已急急指着，道：「這人是我嗎？」

「當然是你，幹嘛？」

「你也在嘛，我記得。」又搶回影印本，用手指比劃，「前面一張沙灘桌，你和阿泉坐這邊。黃樟——阿樟的女兒坐另一頭，站在我身邊的是那個……那個……」漲紅了臉，氣喘！

「啊——是這張照片！」章大姐瞪大眼，「想起來了，那天一行五人，在汀九，用腳架在沙灘拍的照，相機是弱泉的，他當時醉心攝影。照片拍了以後，他都會沖曬，每人送一套。」避開了自己有沒有保留照片的話題。

「是了，給證實了，我猜得沒錯。」

「香哥，為什麼獨立影印？」

「不是我影印的，今早收到的神秘信件。」

章大姐錯愕。

「不是老泉寄給我的吧？」章香棉猜疑。

「哪兒的話！」章大姐怪叫，「你知道你妹夫，有這樣無聊！早十年八年，我已着老泉，凡與章氏家族有關的照片都燒毀，連底片也不要留。」這倒是真話，章氏家族的政圈關係非常複雜，為免陳弱泉給牽扯進去，為怕給哥哥們的活動帶來不便，章大姐作了這個舉措。不過，章大姐私藏了一些珍貴的照片，也幸虧她的私藏，保留了這張照片。

章香棉思量一下，的確，這是陳弱泉的個性，怕惹麻煩，又尊重九妹。

「連底片都不留，即是說，手上有這張照片的，都是孤本了。我沒有留照片，老泉不會這樣無聊。那麼，就只剩下兩個可能性，一是阿一，一是黃樟的女兒。」

「香哥——你的意思是，這兩個人，你有他們的消息？」章大姐旁敲側擊。

章香棉望一眼章大姐，沒有立刻回答，章大姐也不追問。剛巧雲吞來了，一打開蓋，陣陣黑松露香氣，章大姐拿起湯匙慢慢吃。

隔一會，章香棉終又開口：

「早十年，確實有打聽他的下落。因為阿樟的女兒失蹤了，已經視我如陌路的阿樟來追究，我答應幫他四出打聽，打聽到阿一去了台灣，但倒藏得密，我派人反轉了台灣也沒能把他找出來。自此，黃樟不再跟我聯絡。」

「那麼黃茱瑛呢？」章大姐見香哥肯說，便追問下去。

「黃茱瑛？呀，原來叫黃茱瑛。她？當時我已經跟阿樟說，自從那個晚上，我再沒見過他的女兒。」

章香棉給章大姐的感覺是諱莫如深。

不要給周閏發說中了——黃茱瑛可能遭到哥哥的毒手，章大姐很不安。

「會不會是黃茱瑛寄來的？」章大姐試探。

「黃茱瑛寄來？」章香棉大吃一驚，「怎會有這等事？她不——」

突然收口。

觀察章香棉的反應，章大姐更害怕，難道黃茱瑛已經遭逢不測？

「她不會這樣做，我的意思是，沒有理由來找我尋仇。如果我是她的仇人，照片中人個個都是她的仇人啦！」

有點不合邏輯，章大姐也不辯駁了。只盼黃茱瑛的事，千萬不要跟在美國的姐姐有關，如是，那可怎麼辦？

驚魂未定，章香棉竟然問：「黃茱瑛不是有身孕嗎？九妹，嬰孩有沒有生下來？」

章大姐的湯匙失手掉在桌上。

「怎麼啦？」

「香哥，我很害怕，你說嬰孩我更害怕了。還是不提了，好嗎？一石激出千重浪，我都怕了。先是五家姐——」

說不下去了。

「啊，阿梅，阿梅，我竟忘記阿梅。」突然之間，章香棉面容扭曲，粗聲說：「九妹，人前人後都不可透露五家姐的消息。」

「一定不會，香哥你放心。」

「哼，我一定會查出誰在搞鬼，為的是什麼。或者，他們也會摸上你的門，你一定要小心，也要保持聯絡。」章香棉叮囑。

「我曉得了。」

「我叫司機送你。」章香棉匆匆抹嘴，扔下餐巾。

二人從大廈走出來，章香棉目送章大姐上車，而自己則徒步慢慢踱步回銀行。飯館就在銀行總行毗鄰的大廈。

「咔嚓！」

對街，有人用即照即有相機，拍下章大姐。

是切線造成交通意外的青年！

車子絕塵而去，章香棉沒入銀行大廈中。

良久，青年仍釘在地上，呆呆的。

黃海燕！

3

匿藏所內。

海燕雙手枕在腦後，定睛望着天花板。

即照即有照片攤在身旁，還有舊照片和年報。

將三樣對照，黃海燕肯定跟章香棉午飯的女子就是照片中坐在媽媽對面的女子，叫章綽棉，是銀行的一位理事，下一位調查對象。

海燕化身偵探了，但新偵探落落寡歡。

「不是我的親生父親，章香棉不是，我跟他，一點血緣關係也沒有，沒有親切的感覺，我說起游泳，他都無動於衷。只是，寄出的截圖肯定惹來他的不快。」

海燕轉身，側臥，悽然。

影印本是他寄出的，切線的交通意外也是他特意安排。

十七歲

多謝爸爸對兼職的要求，今早的一場戲上演得非常順利。

「老爹一早已訓練我追查身世吧？但願不是。我打從心裏不喜歡這戲法。」

臥在蓆子上的海燕拾起照片。

「那麼，你肯定是我親生爸爸吧？」望着站在媽媽身後的男人。「陌生的雙親，請問你們叫什麼名字？現在又身在何方？」

第十三章　隱世山莊

易貝巳把南投落腳的地址遞給司機時，司機「哈哈，果然是」的笑兩聲。

「什麼果然是呀？大叔。」易貝巳一面坐到副駕駛座一面問。

台灣的出租車司機很多都很友善，易貝巳非常放心。

「你很富貴吧？當我接到這個柯打時，我就想，這麼遠的路程。」司機坦白說了，「看你一身的打扮，便證實了。」

全身 Emporio Armani Remix 別注系列，還要是下一季的款式，載過上萬人的司機當然不會走漏眼。

「我有出差費，當然要善用啦！」

「包括服裝費？」

「每次出差，我都動用『私伙』，我很敬佩自己的專業精神。大叔，為什麼不開車？」

原來車子還沒動。

「你真的要坐在副駕駛座上？至少兩個小時的路途。坐後座位，累了可以小寐。」易貝巳搖頭，道：「我也怕你累，打瞌睡，大家一路聊天豈不是好？而且，這個山上的農莊，還是第一次來，正想向你打聽多一點來龍去脈。」

「原來如此，那好，我們開始邊走邊談啦。」司機高興載上一位聊天客，開動引擎。

既然乘客把他看成人肉資料檔案，司機也樂意提供他所知道的關於這個開在南投高山上的隱世農莊的事跡。

「小姐，既然長路漫漫，你不介意我由盤古時代說起？」

「哈，正合貝勒公主之意。」

原來要從國民黨時代說起呢！國共內戰，太平洋戰事爆發，國民黨參加了美中聯盟。第二次世界大戰結束，國民黨倉皇赴台。經歷了十多二十年的打造，總算將台灣的政治勢力穩定下來。為了進一步鞏固國民黨的統治，又為了安撫當年為國民黨出生入死的餘民，領導政府想起了「滇緬游擊隊」。

「你應該不知道滇緬之戰吧？那就撇開不提。開車的，最忌拐彎抹角愈走愈遠。那是上世紀六十年代的事，有七十多戶『滇緬游擊隊』家庭被接去台灣，說是補償也好，說是奉命召回也好。總而言之，台灣森林多的是，遍佈原住民，很難『照顧』的，最好是安插一些自己人來彼此照應，也可更好的開發當地資源。」

「七十多戶，大概一百人吧，開始除草伐林，翻土播種，為南投這個山頭開闢出一個新天地。」易貝已接上話頭。

十七歲

「你都猜到了，不過也真不容易，偌大的森林，一步一腳印，也用了五十多年的時間。近年，更由農場變成旅遊區，因為依山而建，加上美絕動人的大自然地貌，宣傳都標榜東方小歐洲的稱呼。」

「你有去過歐洲？」

「我都在歐洲了，不用奔波啦！何況，比歐洲還安全。」非常以自家樂園自豪。

「聽說，建築羣以歐洲為藍本，儼如中世紀古堡，這麼大的地方，是誰在經營？」

「你問得好，持牌人就是這個游擊隊成立的基金，不過，真正主事人卻來歷神秘，有說是游擊隊的頭目回歸，有說是冒充的大騙子，有說是不出面的大商賈，莫衷一是，歸納一個結論，就是經營者不願公開身分。小姐，你為的是什麼差事？」

「我是創遊達人，受聘於大航空公司，評估世界各地酒店，寫報告打分。」

「原來如此，豈不是突擊品質鑑定？」

「你很聰明，可不要給農莊通風報信啊！」

「你説我聰明，便不會愚蠢，你是我的客啊！是了，你住哪兒？民宿？」

「我住『日落大道』。」

「咦，比較冷門，聽説最受歡迎的是『普羅旺斯玫瑰莊園』。」

「冷門？我可計算得準確。」易貝巳心裏暗暗慶幸。

「快到了。」

「回程時，你來接我。」

「不划算吧……好。」怕易貝巳後悔。

十七歲

2

「我也不知道是什麼。黃海燕，你可別怪我。居社長給我什麼，我就照傳給你什麼。」周閏發在監視熒幕跟看不到他的黃海燕說。

想想，巽圓姐並沒有考慮別人跟她相差的水平，看來黃海燕只能得錦囊而無所用。沒辦法啦，不如私人多送一個錦囊給他，請毛毛明天再多跑一趟。

翌日，在黃海燕舊居，又來了訪客。

「你的出現，看來不是巧合吧？應該是有心人出手相助，會不會是李老師？或許，李老師老早就知道我的身世秘密。」海燕跟毛毛說。

索性把毛毛抱在懷裏。

頸上掛着的織物福袋中，果然放了一張紙條。

黃茱瑛、林鳳一。

十七歲

呀，黃茱瑛、林鳳一！會是我爸媽的名字嗎？

如果他們就是我的爸媽，那麼，我原來是姓林。

林海燕！又是誰給我起的名字？

貓兒今天帶來的信息，又跟昨天的信息有沒有關係？為什麼自己的人生會如此複雜；神秘的父母、戰爭、突擊隊……

「貓兒啊，即使我多麼不情願，我都應該打起精神，查出自己的身世之謎，對吧？」

「喵——」

第十五章　日落大道

1

接待處職員非常專業殷勤，把所有有關資料連鑰匙交給易貝巳，祝她有一個愉快的假期。

「穿梭客車很快就到！」堆滿笑容。

在等候客車時，易貝巳打開農莊示意圖詳細研究。

民宿錯落，在山巒起伏的巨軸中，像火柴盒的小巧精緻。

下面一行顯著的提示：

山嶽嵯峨，野獸出沒。入夜後，旅客必須留在農莊指定範圍內，切勿單獨出外，否則一切後果自負。

很奇怪的一段指示。

——與整座農莊的溫馨氛圍背道而馳，即使是出於善意，造詞遣句都有商榷的餘地。

——一般的保險條款，會用小字號，生怕你會看見似的，這一段卻相反。

「哼！」

易貝已冷笑一聲。小客車來了，一輛八座的麪包車，易貝已坐到最後一行，沿途，攤開示意圖，一面張望一面用筆在上面做記號，沒有人知道她在做什麼。

落日大道是最後一站，到易貝已下車時，車上已空無一人。

抵達時，紅霞燒得燦爛，醉人景色非筆墨能形容。在山上，黑夜驟然而降，到易貝已在餐廳品嚐完美味的晚餐後，整個農莊漆黑一片，鬼火忽起忽滅。

自家栽種的稻米，即日收成的蔬果，哪有不美味之理！抱着滿意的肚皮，易貝巳差點忘記此行的目的。

走回房間，換過夜行服，帶備夜行眼鏡。

出發。

農莊指定範圍外，神不知鬼不覺單獨出外，一切後果自負。

沿路來時，已將農莊範圍外圈出，然後推斷出三處最可疑的地段。

傳給周閏發，周閏發利用衛星定位，將可疑地段位置製成程式。

現在，易貝巳的高端追蹤儀內，已經有三處地方的定位，即使在黑夜也不會迷路。

只要距離目標一百米以外，追蹤儀都會亮起紅燈警示。

十七歲

第一個地段在日落大道本部建築的北面。易貝巳繞到別墅的後面，每見到一個紅外線眼，便用干擾器來打擾，三十分鐘，已經超越農莊範圍！

繼續向北走，穿越一個小叢林。

以為愈走愈困難，誰知不然。腳下，本來崎嶇不平，徒步約四十分鐘後，似乎走出一條小徑，腳下感覺到短草和碎石。

「咦。」聞到清香的氣味。山嵐嶂氣退卻，恍如置身別人的花園。極目而視，卻什麼也看不見，而定位儀並沒有發出走錯路的訊號。易貝巳使力來嗅，聞得到薰衣草味，前面，應該有一大片薰衣草海。

薰衣草味使易貝巳降低警覺。

到她透過夜行鏡，與一對灰色眼睛對望時，已經完全暴露在危險的境地。灰色眼珠閃閃發光，下面是濕漉漉的鼻孔，再下面，一條長舌頭吊在半空，有規律的快速震動，喘氣。

像狼一樣的大狗！易貝巳從未見過身形這麼龐大的狗！

「嘩！」尖叫。

天不怕地不怕，最怕狗！拔足狂奔！

本來一動不動的狗，像貓捉老鼠，一見易貝巳起跑，瞬即行動，極速飛撲過來！

一個跑，一個追；一個大叫，一個狂吠。

易貝巳驚不擇路，比短跑手更快，大狗更更快。千鈞一髮之際，狗突然停止。易貝巳繼續狂奔，直至見到建築物內的燈光時，才夠膽停下喘息。幸好，她遇到一隻訓練有素、不離開守衛範圍的門口狗，追了一段路，不再追了。

2

翌日，來到早餐桌旁。

換過一身衣裳，洗過澡，用襪子掩飾被刮傷的地方，易貝巳儘量叫自己精神抖擻，更希望早餐足夠豐富好補充體力。

旅客在議論紛紛；昨晚，深山傳來女人的尖叫聲，夾雜着狗吠。「很淒厲。」「迴聲迭起，更覺恐怖。」

易貝巳自顧自出去，坐到露天餐桌旁。

天朗氣清，樹木青蔥，遠山微笑。很難想像同一穹蒼下，昨晚卻是勾魂奪魄。英式早餐的確分量十足，易貝巳認為是一個好兆頭，鼓勵她再闖禁地。

「一擊即中，昨晚的探勘，雖然事敗告終，收穫倒豐富，三個可疑地段，如今就鎖定了這一個。」

有路，有狗，有薰衣草，跟她的猜測極之吻合。

昨晚回到住處，想拿指示圖對照方位，卻遍尋不獲，極有可能在山上逃亡時弄失了。沒關係，待會出發前再拿一張。

不敢夜行了，易貝已預備早上再出發，看個究竟。但光天化日下，不能公然拿出定位儀，只能靠記憶和指示圖。

回到房間，取出行山用品。

不忘把電槍放進口袋，還有最重要一樣：護身寶物。她已經祈禱，不要遇見巨犬，但亦要有兩手準備。

這次，從民宿正門走出去，扮作一般的晨運客。往山下走了一段路，再從左邊折返，一直往北走，走了一句鐘，便看見一個路牌。

五米外，非農莊範圍，危險，遊人止步。

十七歲

「這兒就是入口了。」易貝巳心忖。

走進去，把電槍從口袋裏拿出來，緊握在手，踏着謹慎的腳步。

走了約五百米，腳下的路開始平坦。兩邊茂林中間，出現一條小徑。依着小徑往前走，走了十分鐘，路在眼前消失了，給橫枝亂生、結成的一幅綠牆封擋住。

「騙得了我？」易貝巳喃喃。這幅綠牆，分明是人工栽種，似一堵籬笆，把內和外隔開。

正好南風送來陣陣薰衣草味，易貝巳更肯定了。

易貝巳仔細找入口，不到一分鐘，找到一道掩飾的門。推開，走進去。

不是桃花源，而是別有洞天。

一大片薰衣草田，田後一棟雅致洋房。式樣——

「咦，有點像香港戰前樓宇，西環五個太白台，只是，現在這一棟卻是形單影隻沒有依傍。」

跟昨晚不同，還未看見狗的蹤影！

「那就更肯定，狗是用來保護洋房的主人，而日間，卻不想太招搖！」易貝巳心想，「一定要挨近看個究竟。」

慎重起見，易貝巳拿出護身寶貝穿上。

一件隱形罩衣。

罩衣利用光學設計物料，採用了變色龍皮層變色的原理製成，不是百分之一百隱形，但一時三刻也不容易給人發現。

最重要的，這件隱形罩衣是易貝巳特別訂做的，外層能吸納人體氣味，任何超級狗鼻都沒本事嗅出易貝巳！

易貝巳彎腰沿着薰衣草田朝洋房潛行，俄而，探身到洋房的牆腳下。

十七歲

窗戶半掩，聽見房子內人聲迭起，兩個年輕女性對話。易貝巳貼耳在牆。

「你不可以像童年時一樣陪伴我？」

「不，不可以，我們要保持距離。」

「為什麼你終年把自己禁閉，足不出户？」

「我很害怕——害怕自己日漸增強的力量。」

「咦，怎麼又是似曾相識？」易貝巳好奇，從窗口往房內張看。一眼就看見一座大電視機，熒幕佔了整幅牆身，靠窗一張足可以作牀的長沙發，此外並無其他傢俱。

原來聲音從電視機流出，在播《冰雪奇緣》。房子內卻空無一人，一任電視機獨自嘈吵！

主人呢？會不會在樓上？易貝巳決定略過播放室，從側邊的樓梯登上二樓。

樓梯盡處一扇木門，水晶門把，易貝巳嘗試扭動門把。

應聲而開，原來沒有上鎖。一推門，易貝已傻眼，二樓的佈置，簡直就是一個微型兒童樂園，放在正中央的是旋轉木馬，佔了最大空間。寂寥的兒童樂園，沒有兒童的歡樂聲。頂樓是睡房吧？會不會又是空無一人？退出二樓房間，預備登上三樓。

反手要把門關上，卻關不上，像有障礙物擋住。

思索！會不會——

易貝已全身一麻！從登樓開始，原來有東西跟着她！

半信半疑，慢慢轉身，望向門口！

什麼也沒看見，自己疑神疑鬼了！可是，且慢，的確有東西在輕微蠕動！

定睛細看，隱形罩衣！真的！前面一個人，同樣穿着隱形罩衣！

不驚反笑了！易貝已拉下隱形罩衣，現形！

「對不起，我闖進你家了。我現身了，你也可以現身嗎？」

十七歲

對方猶疑了一會，然後，聽見索索的寬衣聲音。慢慢，一個女人在易貝巳眼前出現。銀髮長及腰間，上了年紀卻保持童顏，圓滾滾的一雙大眼，好奇的望着易貝巳。是黃茱瑛！

一眼便能認出來了，除了蒼老和長了白髮以外，樣貌幾乎沒有改變！

「你是黃茱瑛？」易貝巳試探。

「黃茱瑛？」女子重複，不明所以。

「黃茱瑛是你的名字？」

「名字？」依然疑惑天真的望着易貝巳。

隨即，易貝巳憑着豐富的經驗判斷，眼前的黃茱瑛，因為某種原因，已經失去了大部分記憶，停留在自覺最幸福的年齡，像一名無知的孩子般活着。

所以，夜間要有狗，日間則用隱形罩衣！

「看來，我可以毫無顧忌地套取口供了。」易貝巳心想。

「你想騎木馬嗎？我們一同玩。」易貝巳提議。

黃茱瑛笑逐顏開，奔入房間。

正在此時——

嗚——

四方八面，警笛聲長鳴！

「弊！」

黃茱瑛除下隱形罩衣十分鐘內，警鐘就自動響起！

汪汪汪！

快速回應的是狗吠。

十七歲

由遠而近，已經奔到樓下了，扯動着易貝巳的每條神經！

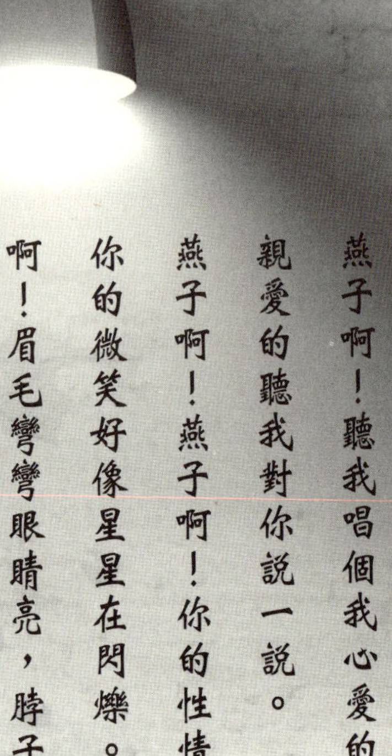

燕子啊！聽我唱個我心愛的燕子歌，
親愛的聽我對你說一說。
燕子啊！燕子啊！你的性情愉快親切又活潑，
你的微笑好像星星在閃爍。
啊！眉毛彎彎眼睛亮，脖子勻勻頭髮長，
是我的姑娘！
燕子啊！燕子啊！不要忘了你的諾言變了心，
「我是你的，你是我的！」燕子啊！

——〈燕子〉

十七歲

第十六章　苦兒尋親

「黃海燕已經開始揭開身世之謎，相信最高興的，應該是黃樟。」周閏發本來不願透露，經章大姐催促，只好儘量相告。

第一件委託已結束，周閏發和章大姐委託人和受委託的關係可說告一段落。然而，居巽圓並沒有遵守諾言，頻密向章大姐報告，反而去了台灣，傳回一次信息之後，已經三天沒有和香港方面聯絡。

「即是說，居社長一去台灣，調查馬上有突破，而憑她供給的資料，黃海燕可以逐步揭開身世之謎？」

周閏發搔搔頭，「老實說，我不肯定這個資料能提供多少線索給黃海燕，所以，私自作主，把黃海燕爹娘的名字也一併告訴他。不過，社長的資料，肯定十分重要。」

「你看，我們全都忽略了，理所當然以為黃海燕知道爸媽的名字。」章大姐一頓，追問：「是什麼線索？」

既然都開了頭，周閏發不如和盤托出了。

「滇緬之戰？中美混合突擊支隊指揮官黑格準將？第一支隊隊長（新30師第88團）肯利生上校？」章大姐失笑。「你們這一代人怎會知道？如果海燕拿着這些資料尋親，恐怕到死一天還是一個不明不白的孤兒吧？」

「這樣説來，其實社長是有意拖延，不願海燕身陷險境！真是一番苦心！」周閏發恍然大悟，再問：「章大姐，這場滇緬之戰到底是怎麼一回事？」

「簡單來説，是根據中英共同簽署的《中英共同防禦滇緬公路協定》的軍事共盟，以抵擋日本在遠東的擴張。自1941年開始，國民黨先後二次長征，歷時三年。」

「章大姐，你對歷史如數家珍，實在令人折服。」

「因為代理台灣一些冷門書刊，所以略知一二。要知道，代理這些書有一定的風險，故此每本我都先閱讀一次。說回那兩次長征，真是一場慘勝仗，我軍死亡人數接近二十萬，都是客死異鄉。」

「原來如此，唉！」周閏發聽完之後，作了假設，「會不會林鳳一有份參加戰爭？」

章大姐想一想，眼前一亮：「大有可能。當日在香港，林鳳一是突然在黃樟眼前出現的，這之前，沒有消息，下落不明，然後說游泳偷渡來港，沒人懷疑。」

「如果假設成立，林鳳一就是那個什麼師什麼團的一員。不過，到哪兒找上世紀四十年代的記錄？」

章大姐突然醒起，「咦，我看過一本書的，我看過。」立刻走去出版社的藏書室。

周閏發尾隨。

「都留有樣本。」

章大姐架起眼鏡找，周閏發也加入，在一排排書刊中尋找。

遍尋不獲。

章大姐不免失望，退出藏書室，走回自己的辦公室時，經過何美娟的辦公桌，往桌上一瞥。

《滇緬之戰紀實》！

「呀，就是這本了！」章大姐喜出望外，一手拿起書，二人再走入辦公室。

「章大姐，讓我來。」

專找第一支隊隊長（新30師第88團）肯利生上校的部下名單。

「果然！你看！」周閏發開心得呱呱大叫，指着一個名字——突擊隊員林鳳一。

這個時候，何美娟敲門，問：

「社長，你拿了我桌上的書？可以歸還給我嗎？」

「這本書，為什麼在你桌上？」周閏發揚一揚書。

何美娟疑惑，用眼神詢問章大姐，章大姐示意她回答。

「有客人郵購，我要寄給他。」

章大姐和周閏發你眼望我眼，會心微笑。

「客人叫黃海燕？」章大姐問。

「是啊！社長，你怎知道？」

「社長，我建議你隨書附送往來台灣機票給這位愛閱讀的客人！」周閏發說。

十七歲

第十七章　義肢司機

易貝巳回到日落大道，隨即打電話回香港，請警局裏的朋友幫忙。

「任何一間老字輩的酒店，這個年份，送院救治的案件。」易貝巳在電話裏説。

「你肯定驚動了警方？」她的朋友何Sir問。

「肯定，不過沒有張揚開去，傳媒不知道，應該有某方面有勢力人士給壓下去了。」

「明白，一有消息馬上給你。」

易貝巳驚魂甫定——平安歸來，全賴能吸納人體氣味的隱形罩衣。

令人失望的是，沒有足夠時間查探黃茱瑛的遭遇。離家之後發生了什麼事？是遭逢毒手？抑或自己情緒失常而落到這個田地？

隱世山莊，居巽圓是易名易貝巳、追蹤林鳳一而至的，想不到，先找到黃茱瑛！要找出林鳳一的下落，對黃樟、章香棉來說難於登天，對超級偵探如居巽圓卻是易如反掌！大家都忽略了林鳳一營運的酒店。

以為要退出香港商場，以為沒有章香棉的支持，老字輩的酒店一一易手，是無奈的抉擇。道理是這樣，但情感上說不通。

正如居巽圓，遇上人生低潮，從易偵探社出逃是迫不得已，要她從此退隱江湖卻絕不可能！

所以，一接下章綽棉的委託，居巽圓認為第一個線索必然落在林鳳一從前經營的酒店上。一經細查，便發現自從隱世農莊轉型為酒店以後，兩方在帳目上有緊密的聯動；還有，沒有股份，但隱世山莊施工動土，香港的酒店鼎力支持！

毫無疑問，林鳳一不但尚在人間，而且長袖善舞，在台灣運籌帷幄！

於是，向隱世山莊奔來，在路途上，又多了一個收穫，知道這個山莊有軍人背景！

林鳳一曾經服役，是突擊隊隊員，調查的不是一般罪犯，自己可得當心了。

可是，這麼大的一個山莊，要找一個刻意躲藏的人，談何容易！

正自思量，酒店房的電話鈴動。

「易小姐，你有信件，請你在六時前過來接待處取件，麻煩你。」

「有人親自送到櫃枱給我？」

「是的。」

「這就怪了。」易貝巳當即乘坐酒店客車去接待處。

打扮成農婦的酒店職員遞給易貝巳一個棕色有山莊印章的信封，用膠紙封口。

帶着好奇心，易貝巳坐在大堂沙發上即時拆閱。

隱世山莊指示圖。

再看清楚，竟然是自己遺失了、上面有標示的一張！

易貝巳立即意會到，自己行藏敗露，遭人「點相」！

易貝巳站起來四周視察，誰是林鳳一？他在嗎？他在監視我？大堂不少人，來來往往，以旅客為主，但多是成羣結隊，很少落單的。職員呢，混在職員當中？職員男少女多。易貝巳專注讀臉，幾個寥寥可數、男職員的臉。

沒有相近的。

來台之前，把林鳳一的相貌輸入變像軟件，做出超過三十個林鳳一易容之後的可能性。在大堂，沒有相近可疑的。

然而，林鳳一一定在附近，只不過不知藏身何處罷了！

——原意是找出他，現在被反客為主，他在找我了。

「居巽圓，冷靜，一定要保持主動的位置。如果是你，你會如何監視目標？」居巽圓要自己保持清醒的偵探頭腦。

「不是大堂，我真愚蠢！」

義肢司機

一離開落日大道已經被跟蹤！客車司機！

易貝巳立刻奔出停車處。接到電話時立刻下樓，一出民宿大門，客車已在那兒等候，一心以為幸運，倒沒有留意車子並不是在酒店指定的時刻出現，而是專門等她。

候車處，剛才接載她來大堂的車子還在。

慢慢走向駕駛座，提高警覺！

不是剛才的司機！

「大叔，我剛才從日落大道過來，遺下了一個布袋在車上，你有拾獲嗎？」易貝巳借故試探。

「沒有，或者你去詢問處問一問，可能有其他旅客拾到了。」體形肥胖的中年司機建議。

「你一直駕駛這部車？」

「對的。」

「今早接載的可不是你！」

「是的，接到上頭指示，直接來酒店大堂接班。……」不再說下去了，或者自覺失言。

易貝已上車，順道回日落大道，沿途推敲。

很謹慎的一個人，我坐在司機位置後三排，沿途，他從來沒有利用倒後鏡觀察我，照舊每個停車處都停站，上落客人。我也太不小心了，沒有注意司機的容貌，忘記此行目的。

他有什麼特徵？居巽圓啊，仔細想清楚。望一望現在的正牌司機，注意到制服！司機穿着短袖卡其色制服，沒戴手套，而剛才的司機，穿的是長袖，而且戴了白色手套。對，他的右手，使用得並不順暢，比較生硬！長袖和手套，都是用來掩飾右手某種缺陷。

極有可能，是義肢！

情況一下子變得嚴峻！孤身在外，在別人的勢力範圍外，發現給人千方百計藏起來的黃茱瑛！

後悔了，沒有找周閏發同行！拜託，何Sir快點給我消息。

一回到日落大道，易貝巴留在房間，足不出戶，只吃了在機場帶過來的一些台灣土產。幸好，接近黃昏，何Sir來了電話。

「怎麼樣？」易貝巴劈頭便問。

「咦，看來你很情急呢，在以身犯險？」何Sir掛慮居巽圓的安危。

「是我的疏忽，我能否儘快回港，就看你查出多少真相。」

「非常豐富，聽好了。」何Sir儘快說明，「1999年二月，一名女子在尖沙嘴老粵堂酒店昏迷，送往伊利沙伯醫院，由酒店的老闆林鳳一駕車直接送往急症室，登記姓名是黃茱瑛。值班醫生判斷是中毒，堅持要通知警方，並且要立刻通知黃茱瑛的家人。警方到了醫院，林鳳一告知警方，他是黃茱瑛的丈夫，為了一些家事二人不和。事發當天，黃茱瑛來酒店大吵大鬧，然後服毒自殺。這是警方記錄的版本。」

「你的意思是另外有版本？」

「不是，你聽我說下去。可是，奇怪的事情發生了。翌日，值班醫生跟進病人狀況，病人檔案上寫着『轉移』。可是，如何轉移、由誰轉移、轉移到什麼地方，竟然沒有一個醫護人員知道。當值醫生向警方追問，而警方的調查僅止於昨天在急症室的記錄，僅此而已。」

「這樣嗎？……好像很複雜。」

「喂，你失望？」

「呃……嗯……」

「不要失望。既然你說會有勢力把事情壓下去，我便不會就此罷休。你道我為你做了什麼？」

「你……去找當值醫生？」

「全中。這位當值醫生現在已經是教授，為了保護他，姑隱其名。我一掛電話給他，他第一句竟然說：『十七年後，終於有警方來找我了。哈』——」

居巽圓屏息靜氣聽下去。

「原本當日年少，打着人道精神又見義勇為，他不能接受這等不合情理的醫療事故無疾而終，私下調查。經過他鍥而不捨的追究，肯定了幾點：其一，黃茱瑛並非自殺，而是給人施加毒手，後來又被轉離香港繼續醫治；其二，整件事給非常有勢力的人士壓下去，目的是保護下毒手的人。我問醫生，林鳳一是不是最大嫌疑？醫生說不是，他認為林鳳一的勢力未足以讓醫院和警方都配合隱瞞，而且，林鳳一肯定不是勢力人士要保護的一個。」

「此話何解？」

「因為，黃茱瑛神秘轉移兩日後，又輪到林鳳一發生意外，又是在自己的酒店，意外跌倒，斷了右手。」

「哦——」今早的司機，肯定是林鳳一了！居巽圓很欽佩這位醫生，說：「我相信他的調查到此為止了。對不對？這樣勇猛，自然給人出面阻止。」

「不錯，他收到恐嚇。」

「十七年了，他有沒有作出任何結論？」

「當然，忿忿不平呀。結論是這樣的：某種原因，黃茱瑛給人謀害，因為在林鳳一的酒店，所以謀害的原因一定跟林鳳一有關。林鳳一想救回黃茱瑛，卻被阻止了。如果要救，便要付出代價，就是林鳳一要犧牲一隻手。社長，醫生十七年反復的推敲，你認為合理嗎？」

居巽圓不作聲，即是同意了。

「你回港後，我建議你羅致他做你偵探社的義工。」

「他結婚了嗎？英俊嗎？」

「嘿，你有命回來自己了解。喂，要不要我插手？」

「未得我當事人同意，警方不要插手，你還要升官呢！我也快回來了。」

「對對對，千萬不要影響我的仕途，何況是陳年舊事。」何 Sir 半認真地說。

掛線，完成任務了。找到章綽棉要找的兩個人，至於當中的細節，居巽圓覺得自己不便深究。

心中有一個聲音叫她先把調查結果傳回香港；從來不會這樣做！今趟，她卻聽命於直覺。

用了十分鐘時間發出訊息，然後執拾行李。這個時候，電話鈴動，周閏發。

「嘿，巽圓姐一出山，不同凡響！」先來「賣口乖」。

「長話短説嘛。」知道周閏發一定有重要事。

「好，請你在台灣多留一天。」

「原因？」

「因為黃海燕尋親到台灣來了。」然後將因由向社長道明。

「可是，尋親不在我的委託條款內。尋親必牽涉章家的人，章大姐未必同意。」

「嘻，巽圓姐，此委託剛加了一個補充條款，而且章大姐承諾追加百分之十的委託金。既然黃海燕要尋親，章大姐認為你是最適合的人選來幫忙。」

「你竟敢越俎代庖？」

「不敢，只是你行色匆匆，還未解除我代社長的職務。」

「唉——」不過，居巽圓非常同意，協助黃海燕的角色，真是非她莫屬，於是答應了。

她掛電話給接載她的司機，請他到機場接黃海燕，清楚交待了客人名字、班機和抵台時間。

「你一定要預早到達，因為他不知道會有人來接。」

「你放心，貝小姐，你自己又什麼時候動身？我好有個預算。」

「我今天買機票，確實了，馬上告訴你。」

大家掛線。

辦妥一切要辦的事，易貝已到餐廳吃晚餐。

第十八章　噩夢

「你不要走開，我有話今天一定要跟你說。」居巽圓對英俊的雕刻導師說。

「嗐，你今天很用功，應該累了，不能等到明天？」

「我真的很累，你一直躲開我。你知道我喜歡你嗎？你應該知道。」

導師驚訝。

「——我不知道，我沒有躲開你，每個學雕刻的學生我都有留意——」

「我不是每個學生中的一個，我是喜歡你的居巽圓。我特別留意了，你沒有女朋友，是也不是？」

「對不起，我有女朋友。」

「你騙人！」

「我沒騙你。你是這樣的出眾，誰不願做你的男友？可是，對不起。」

「你的女朋友是誰？為什麼一直不出現？」

「她出現了，在你身後。」

居巽圓轉身，一名矮小的女子站在她身後，拿着一柄雕刻刀。

「你敢挑逗他！」

舉起雕刻刀，居巽圓立刻擋格，雙手碰在堅實的刀柄上。

麻痺！

不單雙手麻痺，連雙腳都麻痺，如果血液不再運行，恐怕四肢都要殘廢。

居巽圓知道是噩夢！一定要從噩夢中醒來，她不斷催促。

終於，醒來了，全身是汗。

奇怪，四肢依然麻痺！

「易貝巳小姐，易貝巳小姐，你聽見嗎？你醒來了！」

在房間，四肢被綁在椅上，怪不得麻痺！

一個人坐在她前面，牀頭燈從她前面直射。男人背光，坐在黑暗中，看不見樣貌，活像電影中逼供的場面！

唯一看見的，是戴着白色手套的雙手，十分耀眼。

「這個——並不是山莊待客之道吧！在我的食物中落了手腳？你害我發噩夢。」

「我從來沒見過這樣處變不驚的女孩。你到底是誰？易貝巳是假名。」

「你又是誰？」

「我不就是你要找的人？你找到了，找對了，可以向派你來的人邀功。」

「我有命邀功？」

「你誤會了，我不是謀殺犯，我是生還者，一次又一次的生還，從戰爭中生還，從強權中生還。……」

「而更厲害的，從情場中生還，從商場中生還。」

林鳳一一怔，「看來，你知道的不少，不像僱傭兵。不過，無論如何，你的來歷一定和姓章的人有關。章香棉？章香梅？抑或，又一次的聯手？」

忽然，易貝已靈機一動，想試一試林鳳一。

「渴望知道我的來歷？你先解開我，我會如實相告。」

林鳳一猶疑。

「沒道理你會怕女流之輩，而且，當你知道我是誰時，會來不及後悔呢！」

林鳳一站起來，走到易貝巳後面，鬆開圈套，卻沒有完全解開，然後重新坐下。

「我會放你的，我還要你傳口訊。不過，我不能給你看見樣貌。我不怕你，但我還要留性命守護給你找到的茱瑛。」

這個薄情郎，經過風雨之後，原來變得有情有義。

「好了，你現在可以告訴我，你是什麼人和你的真名字。」

「我叫黃海燕，不過，回港後，可能改姓林，叫林海燕。」

看不見林鳳一的反應，一動也不動，彷彿，靈魂飄散到遠方。

好一會，再度開腔：「我知道一個也是叫海燕的孩子，是男孩，今年，該是十七歲吧！他是我——一個朋友的獨子。朋友沒有見過兒子一眼便送出去了，因為有人告訴他，這個兒子是剋星，只有不相聞問，父母才安全，兒子才安全。我的朋友相信了，他還告訴我，直到死亡的一刻來臨，他都會堅定相信。」

「很殘酷的事實。」

「你回去告訴姓章的人，從前的林鳳一、從前的黃茱瑛都死了，過去的種種也一同被埋葬。不要苦苦相逼，一定要他們再復生。因為，復生者必定擁有非比尋常的力量，那股力量是十分可怕的。」

「明白，不過，你所託非人。我真的不是你所說的人派來的。」

「哦？那你為什麼？——」

「因為有人上窮碧落下黃泉的找失去蹤影的女兒。」

「黃樟！噢！……對這位朋友……虧欠太多。」

「虧欠事小，死不瞑目事大。如果不給他一個交待，那些什麼梅、什麼香真的會來找你，因為黃樟找不到你，只好找他們。」

「……」

「我可以幫你傳話，你說吧，如何告慰一顆父心？」

「請你跟阿樟說，他的女兒……永遠……無憂無慮地活着。」

「好的，希望他接受這個結果啦！還有一件，是關於你的朋友的兒子海燕。」

「什麼？」

「據情報，海燕明日下午會抵達隱世山莊。請你代朋友補償一下這位孤兒，待之以上賓，他給外公用異常激進的手法煽動他犯險尋親。」

林鳳一沉吟一會說：「我會用自己的方式招待他。」

「最後，解開我。」

「閉上眼睛，我解開你以後，聽見關門聲才可以張開眼。」

十七歲

易貝巳立刻閉上眼睛，聽見林鳳一走過來鬆綁，一面問：「尊姓大名？」

「易偵探事務所社長居巽圓，歡迎你以你的方式委託查案。」

「嘿！原來是偵探！」

「砰——」的一聲關門聲。

「喂，派人送免費大餐來我的房間。」大嚷。

第十九章　隨風而逝

爸爸：

我認為，以後還是喚你爸爸。

除你以外，在這世上，我尋不到另一個爸爸。

十七歲的生日，是有生以來最特別的一個生日，也是最驚險的一個生日。爸爸，這樣特意安排的生日，一生人一次就足夠了。不是我貪生怕死，只是，我很想平平安安的待在你身邊，更想你安享晚年。

這段日子，我去了一趟台中，那兒有一個叫「隱世山莊」的別墅式酒店。我一抵達，便抽到大獎。兩日一夜，住總統套房，食住全部免費。晚上在山崖上的古堡看煙花……剛過去一個月的驚濤駭浪，似乎得到慰藉。

總統套房收拾得不太整潔，牀頭櫃中竟然有旅客遺下的物件。叫易貝巳的博客，專門為航空公司寫文章。她（我假設她是女士）住在山莊時，創作了一個淒迷的愛情故事。

讀完她的文章，我懂了！

人生無奈事之多，教人惋惜！今年，諾貝爾文學獎首次頒給英籍創作歌手，他的首本名曲叫 *Blowing in the Wind*（隨風而逝），他問人世間種種事，苦苦追尋答案，答案卻都隨風而逝！

如果我找到生父生母，我又會追問什麼？不，什麼都不追問。他們未嘗給我唱搖籃曲，沒有拖着我的手帶我上學，也沒有給我買菠蘿包！在街上，是擦身而過都不會動容的陌生人！

我已在堅尼地城安頓下來了，北角的房子退租以後你便過來這邊。

等你。

兒子 海燕上

記得當時年紀小，
我愛談天，你愛笑，
有一天並肩坐在桃樹下，
風在吹鳥兒在叫……
我們不知怎樣睡着了，
夢裏花兒落多少！

——〈本事〉